EL MANDO MEGACONTROLADOR

LA PARTIDA DE TU VIDA

EL MANDO MEGACONTROLADOR

LA PARTIDA DE TU VIDA

DAVID BADDIEL

Ilustrado por Jim Field

DESTINO

DESTINO INFANTIL Y JUVENIL, 2018
infoinfantilyjuvenil@planeta.es
www.planetadelibrosinfantilyjuvenil.com
www.planetadelibros.com
Editado por Editorial Planeta, S. A.

Publicado por primera vez en inglés por Harper Collins Ltd.
con el título: *The Person Controller*

Avda. Diagonal, 662-664, 08034 Barcelona
Primera edición: febrero de 2018
ISBN: 978-84-08-18196-5
Depósito legal: B. 461-2018
Impreso en España – *Printed in Spain*

El papel utilizado para la impresión de este libro es cien por cien libre de cloro y está calificado como **papel ecológico**.

A las abuelas Sarah y Dinks,
miembros fallecidos de esta parroquia

PARTE 1

PAUSA

I ♥ T.V.

CAPÍTULO 1

Fred y Ellie

Fred y Ellie Stone eran mellizos. A pesar de ello, nunca estuvieron seguros de poder considerarse idénticos. Es verdad que los dos nacieron exactamente el mismo día —el 20 de septiembre de hace once años—, y que eran hijos de la misma madre y el mismo padre (Janine y Eric). Sin embargo, sus nombres eran Fred y Ellie. Y está claro que un chico y una chica es imposible que sean idénticos.[1]

No obstante, ellos se sentían idénticos. Incluso había veces en que uno sabía a la perfección lo que pensaba el otro. En ocasiones, aun a doscientos me-

1. Un chico y una chica solo pueden ser mellizos, nunca gemelos idénticos. Pero no me pidáis que os explique la diferencia entre una y otra cosa porque es un pelín asquerosilla...

tros de distancia, se comunicaban moviendo los labios y eran capaces de entender de manera nítida lo que el otro estaba diciendo. Asimismo, los dos tenían un aspecto físico bastante similar: llevaban gafas, vestían uniforme escolar la mayor parte del tiempo —a pesar de que en el colegio al que iban no era obligatorio usarlo— y, en el momento en el que nuestra historia da comienzo, ambos lucían aparatos de ortodoncia en los dientes.

También les gustaba el mismo tipo de cosas; es decir, los superhéroes, las películas fantásticas de animación japonesas, los cómics, las mates (sí, de hecho, aunque pueda parecer extraño, a los dos les gustaban mucho las matemáticas; a veces, hasta jugaban a un juego llamado *¿A ver quién puede nombrar más decimales de pi?*) y, sobre todo y por encima del resto, los videojuegos. Todos los videojuegos. A pesar de ello, sus favoritos eran el *FIFA*, el *Street Fighter*, el *Super Mario* y el *Minecraft*. Lo único para lo

que ahorraban el poco dinero en que consistían sus respectivas pagas era para comprar la última versión de dichos juegos. Por otra parte, a pesar de que a Ellie se le daban mejor que a Fred,[2] a este último no parecía importarle demasiado dicha circunstancia. Él sabía que ella era más rápida y que tenía una mejor coordinación entre manos y ojos y, a pesar de que, de vez en cuando, se sentía frustrado por perder, la mayoría de las veces le gustaba quedarse embobado contemplando la velocidad y la precisión con la que su hermana movía los dedos al usar su mando de la consola, como si estuviera tocando de memoria un concierto de música clásica con los bo-

2. Fred, en cambio, era mejor que ella en una cosa: customizar los avatares. Era capaz de cambiarle cualquier cosa a cualquier avatar de cualquier videojuego hasta conseguir siempre que el personaje de turno acabara luciendo un aspecto fantástico: tipo de peinado, color de ojos, color de piel, indumentaria, dientes, peso, altura, etcétera. A veces, el propio Fred se preguntaba si, en realidad, no le gustaba más hacer esa clase de cosas que jugar al juego en sí.

tones. Y cuando he dicho su mando, me refiero a *su* mando, porque Ellie y Fred jamás intercambiaban sus respectivos mandos. Ella, en concreto, era siempre muy clara y concluyente en lo que tenía que ver con cuál era el suyo, pues, según decía, este tenía un tacto y un peso adaptados a la perfección a su estilo de juego; a pesar de que a ojos del resto de los mortales, nada habituados a la hora de detectar estas sutilezas, ambos pudieran parecer exactamente iguales o, sin duda, tener el mismo tipo de tacto.

Esta es la razón de que fuera tan terrible lo que le sucedió a su querido mando.

CAPÍTULO 2

Eric

Eric Stone era —seamos sinceros, no hay una forma de decirlo más delicada— gordo. Bueno, sí que hay formas de decirlo más delicadas; de hecho, Eric solía utilizarlas a menudo, describiéndose a sí mismo como «grueso», «corpulento» o «víctima de una enorme retención de líquidos», aunque lo cierto es que era gordo. Y lo era, simple y llanamente, porque comía demasiado. No sufría ninguna enorme retención de líquidos, sino una enorme retención de bocadillos de beicon.

Para ser justos con Eric, hay que reconocer que el hombre se había puesto a dieta un buen montón de veces; sobre todo después de que su mujer, Janine, o sus hijos lo incitaran a ello.

Había llevado a cabo una dieta rica en fibra, una dieta baja en hidratos de carbono, una dieta a base de zumos, una dieta sin zumos, la dieta de la sopa de col, la de la sopa de guisantes con menta y una dieta que él mismo se inventó en la que solo podía comer magdalenas de plátano y queso. Había hecho también la dieta 5:2, la dieta 6:1, la dieta 4:3 y la dieta 2:5, incluso la dieta 17:28 (en la que, todos los días, debía estar durante un minuto sin comer nada de nada; para ser exactos, entre las 17.27 y las 17.29). Asimismo, había seguido el programa de adelgazamiento

de los «Vigilantes de peso», había ido a Chocólicos Anónimos, al grupo de autoayuda para obesos de más de cien kilos, así como a las reuniones de Gruesos y Corpulentos Retenedores de Bocadillos de Beicon que se sientan en círculo para contar que ellos no tienen la culpa (así es cómo Janine llamaba a todos los grupos dietéticos en los que se metía su marido).

El problema era que ninguna de las dietas conseguía que Eric perdiera peso en absoluto. Muy al contrario, lo único que hacían era que lo ganara, ya que cada vez que finalizaba una de ellas (y él siempre las acababa al cabo de unos escasos cuatro o cinco días) se comía alrededor de unas seis veces su propio peso en bocadillos de beicon.[3]

No en vano se disponía a devorar uno de ellos —el primero que se llevaba a la boca tras abandonar la dieta de las pieles de patatas rellenas que había seguido durante dos días enteros, una que te permitía comerte las pieles de las patatas rellenas poniéndoles por encima algún tipo de salsa baja en grasa;

---

3. No ayudaba demasiado el hecho de que Eric trabajara como director de ventas al por menor de un supermercado; sea lo que sea que signifique esto (debería saberlo, lo sé, pero no lo sé... Nunca he sabido en qué consisten ese tipo de trabajos con nombres tan raros). Lo que quería decir que los Stone disfrutaban de grandes descuentos a la hora de comprar comida; sobre todo, beicon. De hecho, Eric solía llevarse tal cantidad que, en su caso, le aplicaban un descuento extra al descuento inicial que de por sí ya tenía.

cosa que, según decidió, incluía la mayonesa—, cuando eso tan terrible que os hemos dicho que le sucedió al mando de Ellie sucedió.[4]

De algún modo, fue precisamente un bocadillo de beicon el causante de todo el asunto, ya que siempre que Eric Stone se tomaba el primero después de haber estado a dieta entraba en tal estado de trance, debido al grasoso sabor de las lonchas de cerdo y a la deliciosa experiencia que suponía comérselas una vez colocadas entre dos rebanadas de pan blanco untadas de salsa marrón, que se olvidaba de todo lo demás y cerraba los ojos. Podría decirse que se abandonaba por completo y se perdía en el interior de su más querido alimento.

Por desgracia, en aquella ocasión, para comerse este bocadillo de beicon en particular, el lugar en que, con el plato en una mano y el emparedado en la otra, se abandonó no fue otro que un punto en concreto del sofá frente a la televisión, un punto en concreto bajo SUS CALZONCILLOS.

Esos enormes y horribles *slips* de color gris comprados en 1987.

Su plan era abrir los ojos nada más dar el primer

4. Soy consciente de que he utilizado dos veces muy seguidas la palabra «sucedió», pero no dejéis que eso os perturbe la lectura...

bocado y ponerse a ver la tele. Pero no hasta pasados unos segundos. No hasta que hubiera degustado de verdad aquel manjar delicioso. No hasta que...

—¡¡¡Auu!!! —exclamó Eric al tiempo que sus ojos se abrían de par en par.

—¿Qué pasa? —preguntó su esposa sin molestarse siquiera en apartar la mirada de *Un tesoro en tu casa*.

Janine Stone jamás se perdía su *reality* favorito, y estaba convencida de que, algún día, ella misma encontraría en su propio desván algo por valor de varios millones de libras. Una idea, por cierto, bastante extraña; sobre todo teniendo en cuenta que los Stone vivían en un bajo.

—¡Me he sentado sobre algo! —respondió Eric.

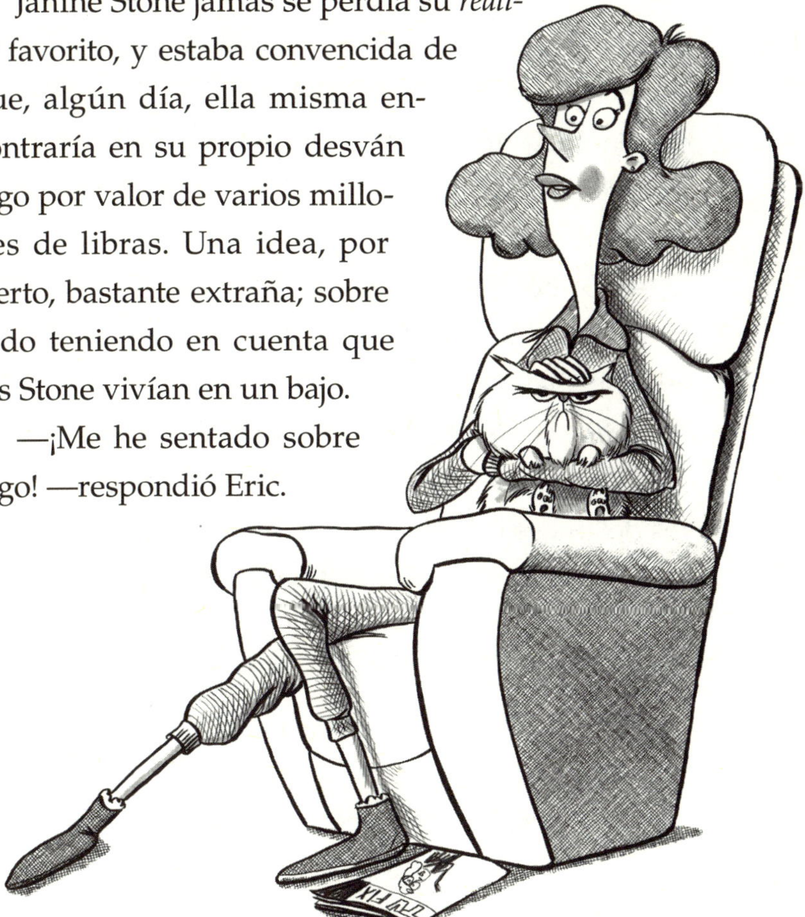

—Bueno, pues quítate de encima, entonces... —replicó Janine mientras seguía observando la pantalla y acariciando a la gata de la casa, una bestia esponjosa de color blanco llamada *Margaret Arañatcher.*

—¡No puedo!

—¿Que no puedes?

—Me parece... ¡Me parece que me he quedado atascado!

Por fin, Eric consiguió ponerse en pie y, a continuación, se dio la vuelta delante de su esposa. Llama la atención cómo, a pesar del evidente dolor que sufría en aquel instante, en ningún momento dejó de comerse su bocadillo de beicon.

—¿Lo ves? —dijo él.

—¿Cómo que si lo veo?

—¡Olvídate de *Un tesoro en tu casa*! ¡Aunque solo sea por una vez en tu vida!

Janine soltó un sonoro chasquido de impaciencia, obligó a sus ojos a apartarse de la televisión y, a través del pelaje de *Margaret Arañatcher,* miró la espalda de su marido. Acto seguido, bajó un poco la vista.

—¿Qué es eso? —preguntó ella.

—¿Qué es qué?

—Esa cosa negra que se te ha clavado en los calzoncillos.

—¡Eso es lo que yo querría saber! —exclamó

Eric— ¡Y no se ha clavado en los calzoncillos, se ha clavado en mí!

Un nuevo chasquido de impaciencia sonó tras de sí. De hecho, en una ocasión, estando en el comedor del trabajo, disfrutando tranquilamente de un bocadillo de beicon y rodeado de sus compañeros de profesión, admitió que si su mujer fuera un sonido, sería un chasquido quejumbroso.

—Por el amor de Dios, Eric... A ver, inclínate hacia delante...

Eso fue lo que hizo. Luego, durante unos segundos, Janine, y también *Margaret Arañatcher,* echaron una ojeada. Eric sintió cómo se podía cortar la tensión mientras lo inspeccionaban ahí detrás.

—Pero ¿cómo demonios se te ha clavado eso ahí? —dijo su esposa.

—¿Cómo demonios se me ha clavado qué ahí?

—¡¡¡MI MANDO DE LA CONSOLA!!! —respondió una voz diferente.

Era la voz de Ellie, y sonaba muy disgustada. Algo que, por otro lado, era lógico, ya que nada más entrar en el cuarto de estar se había encontrado a su madre estirando la mano a regañadientes y extrayendo su objeto más preciado de entre las nalgas cubiertas por aquellos *slips* ochenteros de su padre.

CAPÍTULO 3

Ciberpato

En realidad, el mando de Ellie no se había estropeado del todo. Es cierto que todos los botones se habían reblandecido un poco, y el de la X en concreto se había quedado hundido en diagonal por haber tenido que soportar algún tipo de empuje mientras estaba atrapado entre las nalgas del trasero de Eric. No obstante, seguía funcionando... más o menos, si dejabas a un lado el hecho de que no paraba de vibrar, igual que sucede cuando le das al larguero en el *FIFA* o hay una explosión en el *Call of Duty*. Sin embargo, era evidente que, en esta ocasión, vibraba por alguna otra razón.

Y dicha razón no era sino de haber estado incrustado, durante un pequeño espacio de tiempo, en un sitio de lo menos recomendable.

Básicamente, podríamos resumir diciendo que a Ellie, la verdad, se le habían quitado las ganas de volver a tocar en su vida su amado mando de la consola; cosa que todos en la familia comprendieron a la perfección, incluido Eric. No en vano el sentimiento de culpa de este fue tal que, siendo como era una buena persona y un buen padre (a pesar de que amara los bocadillos de beicon tanto como a sus propios vástagos), llegó a prometerle a su hija que, por supuesto, le compraría enseguida uno nuevo. Siempre y cuando no le contara a nadie lo que había ocurrido con el viejo.

Al día siguiente de llevar a cabo su promesa, Fred y Ellie se hallaban en el aula de informática de la escuela a la que iban. Bueno, no se puede decir que fuera un aula de informática propiamente dicha. Y es que, a pesar de que el colegio público de educación primaria Bracket Wood no era, digamos, demasiado malo, hay que reconocer que no tenían un duro. Por tanto, lo que llamaban «aula de informática» se trataba, de hecho, de un cuarto de limpieza del que habían sacado todos los trastos y en el que, encima de un estante donde antes no había habido otra cosa que cinco botes medio llenos de Pato W. C., habían colocado un viejo y enorme ordenador portátil con más de ocho años de antigüedad.

A pesar de todo, eso a Fred y a Ellie no les importaba mucho. No en vano, justo en ese preciso instante, se hallaban pasándolo en grande mirando en internet sus páginas favoritas sobre videojuegos y leyendo acerca de las últimas novedades en lo que se refería a tipos de mandos. Ellie, en particular, era la que más disfrutaba.

—Los que no son *gamers* no lo entienden, ¿verdad? —dijo ella—. Se creen que los mandos son solo unas cosas que vienen envueltas en bolsitas de plástico junto con la consola. ¡Pero se equivocan! ¡Mira!

Fred, que solía limitarse a escucharla cuando su hermana se emocionaba con cualquier cosa que tuviera que ver con los videojuegos, asintió con la cabeza. A fin de cuentas, ella tenía razón. Después de ir haciendo clic a toda pastilla por diferentes sitios web (sus habilidades incluían también ser una experta en el manejo del ratón), Ellie acabó deteniéndose en una página de descarga de distintos tipos de mandos.

Negros, grises, plateados, con los colores del arcoíris, de camuflaje, de equipos de fútbol; con los botones grandes, con los botones pequeños, con el *joystick* en forma de volante o de palanca de cambio de marchas; con luces azules, con luces blancas, con luces rojas, con luces amarillas; con las asas estriadas, con las asas lisas, con las asas recubiertas de piel, con las asas en forma de manos; con auriculares, con micrófono y altavoces incorporados; unos que se podían personalizar como tú quisieras... ¡Incluso pedir que te lo hicieran con la forma de las letras de tu nombre!

—¡Las dos eles de Ellie podrían ser las asas! —exclamó emocionada.

—¡Sí! —asintió su hermano a la vez que se preguntaba cómo sería uno que dijera «Fred».

Quizá si usaba su nombre completo, Frederick, la «K» y la «D» podrían ser, en su caso, las asas; aunque, bien pensado, es muy probable que fuera un nombre un poco largo para el mando de una consola, lo obligaría a uno a tener las manos demasiado separadas y seguro que no era cómodo jugar con él.

—¿Qué navegador estáis usando? —preguntó apareciendo de repente ese medio amigo que tenían llamado Stirling, uno de los otros pocos alumnos del Bracket Wood a los que uno solía encontrarse en el aula de informática.

Estaba de pie detrás de ellos, curioseando lo que veían en la pantalla.

—¿Navegador? —dijo Ellie sin darse la vuelta—. Ni idea... ¿Safari?

El chico miró a su hermana pequeña, Scarlet, que estaba a su lado. Los dos soltaron una carcajada.

—¡Safari! ¡Ay, ay, ay! —replicaron ambos al unísono.

Ellie desvió un segundo la vista del ordenador hacia Fred y este se irguió en su silla y se volvió. Stirling y Scarlet eran tecnológicamente muy avanzados y se sentían muy orgullosos de ello. Esa era, en concreto, una de las razones por las que solo eran medio amigos y no amigos del todo.[5]

—¿Qué tiene de malo? —preguntó Ellie.

—Bueno, no tiene nada de malo, pero si lo que queréis es tener de verdad una buena velocidad de conexión... —contestó Stirling.

—...Tanto en términos de operatividad como de diseño... —continuó su hermanita haciéndose la imprescindible—. Y de rapidez de descarga...

—Creo que deberíamos sugeriros..., ¿no es así, Scarlet?

---

5. Otra de las razones era el espantoso peinado que llevaban. La madre de Stirling y Scarlet se había vuelto a casar hacía poco con otro hombre, un peluquero llamado Bodzharov cuyo orgulloso lema era: «¡Yo corto el pelo como se hace en mi tierra!». Incluyendo, por supuesto, el de sus hijastros... Os dejo que os imaginéis lo que esto quiere decir...

Esta asintió con la cabeza, anticipando su propia respuesta.

—¿Allegro? ¿Quicklistin? ¿Cosquipro? ¿Internet Ala-Din? ¿Paloma's World? ¿Browzzzer?

—Todos geniales —añadió Stirling—. Aunque para mí el navegador cumbre es, a día de hoy, ¡el Ciberpato!

—¡Ah, por supuesto, sí, el Ciberpato!

—No he oído jamás hablar de él —replicó Ellie.

—¿Y dónde te has enterado? ¿En Twitter? —preguntó Fred.

—¿En Twitter? ¡Ay, ay, ay! —soltaron otra vez los dos al mismo tiempo.

—Pero ¿tú qué tienes? ¿Setenta años? —se mofó Stirling—. No, Ciberpato es lo que todo el mundo recomienda en...

—¿LinkiKé? —preguntó Scarlet—. ¿Túmbame? ¿Instantya? ¿TunelFace? ¿Pinteresantísimo? ¿Dankenpitirridefuá?...

—¡BigoChats! —contestó él.

—¡BigoChats! ¡Claro!

Ellie, que no había dejado de mirar la pantalla del ordenador durante todo este rato, se volvió por fin hacia ellos.

—Stirling. Scarlet. ¿Puedo haceros una pregunta? ¿Estáis registrados por lo menos en alguna red social?

Ambos se miraron entre sí. Luego, negaron con la cabeza.

—¿Os dejan siquiera vuestros padres usar un ordenador sin pedir permiso antes?

Ambos se miraron de nuevo entre sí y volvieron a negar con la cabeza.

—Nuestra madre dice que podremos cuando lleguemos a quinto —respondió Scarlet con tono pausado.

Esa era la última de las razones por las que Stirling y Scarlet eran solo medio amigos: estaban en tercero y en segundo respectivamente, y tenían ocho y siete años.

—Vale, iBabies... —dijo Ellie mientras volvía a centrar su atención en el portátil—. Entonces, me parece que vuestras recomendaciones tendrán que esperar. Por lo menos hasta que...

—Vaya, vaya, vaya...

Esta otra voz no procedía de ninguno de los pequeños. De hecho, cuando Ellie y Fred se dieron la vuelta, estos ya habían desaparecido.

En su lugar acababa de aparecer la otra pareja de mellizos del colegio: los hermanos Isla y Morris Fawcett.

—Oh, no... —soltó Fred.

CAPÍTULO 4

La otra pareja de mellizos

Al igual que Fred y Ellie, Morris e Isla eran mellizos. Y tampoco podía decirse de ellos, siendo chico y chica, que fueran idénticos del todo. Sin embargo, a diferencia de lo que sucedía con Fred y Ellie, en ellos las similitudes eran mucho menos evidentes. Isla era guapísima, alta y delgada para su edad, y tenía los ojos azules, la nariz pequeñita y un cabello largo y sedoso que, a veces, se echaba hacia atrás por encima de la cara como si estuviera en un anuncio de champú de la tele.

Morris, por el contrario, parecía un gorila mal afeitado.

No era de extrañar, por tanto, que el resto de los alumnos, sobre todo los novatos y los más pequeños, se asustaran al verlo; era lógico que lo hicieran. Aunque, en realidad, la persona con la que más cuidado tenían que tener era Isla.

Porque Morris e Isla Fawcett eran los matones del colegio Bracket Wood. Además, se enorgullecían de serlo. De hecho, buena parte de su tiempo la empleaban entrenándose en ser todavía más y mejores en ello. Había gente que incluso los había oído hablar entre ellos acerca de cuál debería ser su sello personal, su marca de la casa, a la hora de abusar y amedrentar al resto de los chavales. Dentro de tan característico estilo, a pesar de que Morris era quien llevaba a cabo el trabajo físico propiamente dicho —el cual incluía retorcimiento de brazos, «calman-

tes» con los nudillos en los muslos para que se le quede a uno la pierna dormida, «taladradoras» con el codo y bajadas de pantalones—, Isla era el cerebro pensante de los dos.[6]

—Largaos —dijo Ellie.

—Creo que no nos apetece... —respondió Isla conforme alargaba el brazo y giraba la pantalla del portátil hacia ella y su hermano.

—¡¡¡UooooooUooooooUoooooo!!! —exclamaron ambos a la vez, subiendo a propósito, y de forma sarcástica, el tono en el «Uoooooo» de en medio.

Ellie levantó la vista hacia el cielo con gesto de infinita paciencia.

—A ver, ¿cuánto tiempo lleváis entrenándoos para hacer eso? —preguntó.

—Unos tres días...

—¡Cállate, Morris! —lo interrumpió su hermana—. Ya veo que estáis mirando cosas de videojuegos, ¿no es cierto?

—¡Sí! ¿No es cierto? —añadió Morris, quien solía

---

6. Hay que decir, en honor a la verdad, que eran dos matones con mucha libertad. Hoy en día, en la mayoría de los colegios, los profesores reprimen muy rápidamente a los abusones. Sin embargo, en Bracket Wood, a pesar de no ser, digamos, un colegio de primaria demasiado malo, nadie había tomado nunca medidas drásticas de verdad contra Morris e Isla Fawcett. Es posible que entendáis mejor el porqué de dicha inmunidad si os digo que el nombre del director no era otro que Stephen Fawcett.

limitarse a repetir lo que decía Isla cuando no sabía muy bien qué le correspondía hacer como matón profesional.

—¡Qué bien visto! ¡Sois muy perceptivos los dos! —replicó Ellie con ironía—. Gracias a Dios que hay una foto en la pantalla y lo habéis podido deducir vosotros solos. Me pregunto si habríais sido capaces de adivinarlo si no hubiera habido más que letras...

—Muy graciosa —contestó Isla—. Yo por lo menos puedo ver lo que sale en ella sin necesidad de gafas.

—¡No tiene nada de malo llevar gafas!

—¿Ah, no? ¿Quieres que vayamos y le preguntemos a Rashid qué opina sobre el tema? ¿Si le gustan las chicas con gafas? O, mejor aún, ¿por qué no le preguntamos qué le parecen las chicas con aparatos de ortodoncia, trencitas y que se visten aún como si estuvieran en primero...?

En menos de un segundo, Ellie se puso roja como un tomate y bajó la mirada.

Rashid Khan era considerado, a nivel universal, el chico más guapo de la clase; y lo que es más importante, era considerado, a nivel universal, el chico más simpático de la clase.

Bueno, a decir verdad, a Ellie tampoco es que le atrajeran mucho los chicos; a ella lo que le interesaba, sobre todas las cosas, eran los videojuegos. No obstante, había algo en Rashid que, cuando lo veía, hacía que se sintiera un poco rara por dentro. Lo que sucedía es que, hace mucho tiempo, en cuarto, le había confesado, de manera estúpida e incauta, esta extraña sensación a Isla Fawcett, antes de que esta hubiera acabado por convertirse en la abusona que era hoy en día. De modo que, en la actualidad, nada la angustiaba más que la idea de que fuera a contárselo a Rashid, al cual, lo más probable (Ellie estaba convencida de ello), era que le gustara más la propia Isla que ella.

Habiéndose dado cuenta en el acto de que la mención del nombre del chico había hecho enrojecer a su hermana, Fred dijo:

—Déjalo ya, Isla.

—Perdona, ¿cómo has dicho? —respondió ella volviéndose hacia Fred.

—Sí, ¿cómo has dicho? —añadió Morris, también volviéndose hacia él.

Es cierto que no había hablado muy alto.

—Nada —contestó.

—Vaya, esto sí que es raro... —replicó Isla.

—Sí. Raro. Mucho —repitió Morris, improvisando lo mejor que podía.

—Porque juraría que has dicho algo. ¿Puede que

fuera a lo mejor algo acerca de ser un chico que ni siquiera es capaz de ganarle a su hermana jugando a la consola?

—¡Sí! ¡Ni a su hermana! —la secundó Morris repitiendo lo que ella decía.

Al igual que Ellie hacía un instante, Fred bajó la mirada avergonzado.

A pesar de que no le molestaba en absoluto que su hermana fuera mejor que él jugando a la consola, sí que le importaba que la gente del colegio se riera de él por ello. Y eso era algo que hacían a menudo. No porque Ellie se lo hubiera contado a nadie, sino porque Eric, en la última reunión de padres y profesores que había tenido lugar en Bracket Wood, cuando su maestra del año pasado, la señorita Parr, le preguntó qué talento creía que tenía su hija en particular, él respondió: «Los videojuegos. Uno pensaría que lo normal es que fuera su hermano, pero no, ¡¡ella es la que tiene magia en las manos!!».

Por desgracia, su padre tenía un tono de voz fuerte y estruendoso, y todo el mundo que estaba presente en su antigua clase, así como en el resto de las aulas, pudieron oír a la perfección lo que acababa de decir.

—De hecho, Fred, ¿tú qué crees que se te da peor, los videojuegos o los deportes reales de verdad? —preguntó Isla.

—¡Sí! ¡O los deportes reales de verdad! —exclamó Morris.

—Como por ejemplo... —continuó Isla al tiempo que se volvía hacia su hermano.

Entonces se produjo un breve silencio.

—¿Qué? —preguntó Morris.

—Pensé que te tocaba a ti acabar la frase, ¿no?

—¿Qué frase? —contestó él frunciendo el ceño.

—La frase sobre los deportes que se le dan mal... No sé, ¿qué tal si das algún ejemplo?

Su hermano se quedó completamente en blanco.

—¡Ay! ¡Venga ya! ¡Vamos, Morris! —soltó Isla con impaciencia—. ¿Tienes idea de lo agotador que es tener que llevar siempre la voz cantante a la hora de meternos con alguien? ¿Tener que ser a quien se le ocurren siempre las cosas ingeniosas que decir para humillar a otros niños? Si te soy sincera, empiezo a pensar que esto que nos hemos comprometido a hacer no es para ti más que un pasatiempo temporal.

Morris frunció el ceño igual que antes. Después de una pausa, lo frunció todavía un poco más. Por fin, su rostro se iluminó.

—¡¡El fútbol!! —exclamó a la vez que chasqueaba los dedos.

—¡Sí! ¡Eso es! ¡Bien dicho, Morris! Dinos, Fred, ¿qué se te da peor el *FIFA* o el fútbol? Estoy segura de que, por muy torpe que seas, no puede ser el *FIFA*, porque no he visto en mi vida a alguien tan malo jugando al fútbol como tú!!

—¡Sí! ¡Tan malo jugando al fútbol como tú! —añadió Morris en su línea habitual.

—¡Callaos! —replicó Ellie levantándose de golpe y encarándose con los dos matones.

—¡Sí! ¡Callaos! —gritó Fred levantándose también de golpe y apoyando a su hermana.

Ya había aguantado bastante. El fútbol era algo demasiado importante para él como para permitir bromas de ese tipo. No había una cosa que deseara tanto como jugar en el equipo del colegio; formar parte del Bracket Wood y marcar el gol decisivo de la victoria en la final del Torneo Interescolar de Bracket Wood y Alrededores. De hecho, en cuanto tuvo la edad mínima necesaria, comenzó a presentarse a las pruebas de acceso. Sin embargo, año tras año lo rechazaban. Aparte de otras, había siempre una razón en concreto por la que nunca lo conseguía y que hacía que todo acabara saliéndole mal.

Con vuestro permiso, desviémonos por unos momentos de la historia principal y permitámonos un pequeño inciso para analizar la última vez que Fred fue a hacer una de esas pruebas para entrar en el equipo de fútbol.

CAPÍTULO 5

Un ejemplo de lo que le pasaba siempre a Fred cuando intentaba entrar en el equipo de fútbol

Esto ocurrió el año pasado, cuando Fred iba a quinto. Se acababa de gastar toda su paga en un par de botas nuevas para hacer las pruebas, unas Marauder de color amarillo chillón, y estaba convencido de que, con ellas, la cosa iba a ser totalmente diferente (no lo seleccionaron ninguno de los tres años anteriores en que se presentó).

Por desgracia, Eric y Janine nunca habían acabado de enseñarle bien a hacerse el nudo de los zapatos,[7]

7. Aunque hay que decir que, en la época en que debían aprender a hacérselo solos, sí que les compraron unas plantillas grandes de cartón expresamente diseñadas para ello. Unas como esta:

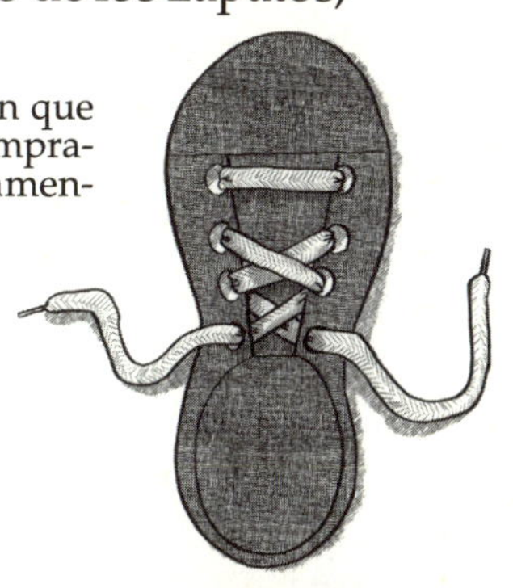

de modo que lo que sucedía cada mañana antes de ir a clase era que Ellie tenía que atarle los cordones bien fuerte y por partida triple, de forma que no se le soltaran en todo el día.

Lo mismo pasó antes de ir a hacer las pruebas de acceso para jugar en el equipo escolar: Fred le pidió a Ellie que lo ayudara con las Marauder. Sin embargo, esta vez le dijo que le hiciera un solo nudo, ya que pensó que uno triple abultaría demasiado y, por ejemplo, cuando la pelota le llegara al borde del área, le sería más difícil regatear a cinco defensores contrarios y ponerla en la escuadra derecha de la portería (cosa que jamás había hecho pero que, estaba seguro, haría en esta ocasión).

—¿En serio? —preguntó Ellie arrodillada junto a la banda del campo de fútbol.

Ya sé que he dicho «campo de fútbol». Y «banda». No obstante, a pesar de que Bracket Wood no era un colegio público de primaria, digamos, demasiado malo, su campo de fútbol en realidad consistía sin más en una zona triangular, la mayor parte del tiempo enfangada, que había en el parque de al lado, cu-

---

A Ellie le habían sido de utilidad. Sin embargo, Fred nunca fue capaz de aplicar al cazado real tridimensional que llevaba en los pies lo asimilado con estas plantillas.

yos límites no eran otros que los de la propia acera de cemento de la calle.

—En serio —contestó Fred—. Un solo nudo.

Acto seguido, salió corriendo al terreno de juego. A pesar de ello, apenas transcurrido un minuto, los cordones se le volvieron a desatar y se le llenaron de barro.

Entonces, cruzando a toda pastilla entre el resto de los jugadores que disputaban el partidillo, fue de nuevo hasta la banda para que su hermana pudiera atárselos una segunda vez.

Tras repetir la misma operación cuatro veces, se vio obligado a replantearse el tema cuando Ellie, antes de hartarse e ir a sentarse a los columpios del área infantil que había en el patio, le dijo:

—¡¡Ya no te los ato más como no me dejes que te haga uno triple!!

Después de aquello, a Fred no le quedó más remedio que pedirle al árbitro, el señor Barrington, que lo ayudara. Bracket Wood no era un colegio público de primaria, digamos, demasiado malo, pero su profesor de gimnasia era el señor Barrington, que tenía sesenta y siete años y llevaba unas gafas con unos cristales más gruesos que la pata de un rinoceronte.

El pobre hombre no tuvo otra opción que respirar

hondo, agacharse y arrodillarse sobre aquel lodazal para atarle las botas a Fred. No es de extrañar, pues, que, teniendo en cuenta que le había llevado cerca de tres minutos volver a ponerse en pie (tiempo en el cual se marcaron cuatro goles que no llegaron a subir al marcador), cuando vio que el chico se le acercaba otra vez con el mismo problema, hizo como que un lance importante del juego llamaba su atención y salió corriendo en dirección opuesta.

Bueno, sería más preciso decir que avanzó de manera renqueante y fatigosa en dirección opuesta, ya que no se le puede llamar *correr* a lo que él hacía.

Fred no sabía qué hacer. Pasaban los minutos y sus botas seguían desatadas. Por un breve instante incluso deseó que su padre y su madre estuvieran allí, cosa que no solía desear muy a menudo.

Finalmente, Ellie regresó de los columpios y su hermano dejó que ella le hiciera un nudo triple a sus Marauder.

Dos minutos más tarde, el balón estaba a punto de llegarle a Fred al borde del área.

—¡Vamos, Fred! —gritó ella—. ¡Dale fuerte!

Su hermano centró toda su atención en el esférico y, convencido de que esta vez no se le iban a soltar los cordones, le pegó de lleno con el empeine izquierdo.

De lleno con el nudo triple de la bota.

De hecho, apenas se puede decir que la bola tocara su pie, sino que chocó contra el enorme lío de cordones. En honor a la verdad, hay que reconocer que Fred llevaba razón desde el principio: un nudo de ese tamaño abultaba demasiado como para poder jugar bien al fútbol. Sin embargo, aquello no le fue de mucho consuelo, ya que el balón describió un arco por encima de su cabeza y acabó golpeando al señor Barrington en toda la cara.

—¡¡¡Ay!!! —profirió el profesor al tiempo que sus gafas de cristales gruesos como la pata de un rinoceronte salían despedidas por el aire y caían al barro.

Todos los demás niños —salvo Fred, claro— se estuvieron riendo a carcajadas durante un buen rato. Él, por su parte, se limitó a dar media vuelta y marcharse de allí, sabiendo a ciencia cierta que esta tampoco sería la vez en que entrara en el equipo del colegio.

Ahora, volvamos a la historia principal.

CAPÍTULO 6

Bajadas de pantalones

He ahí, pues, la razón por la que Fred reaccionó como si Isla y Morris lo hubieran tocado en su punto débil al empezar a burlarse de sus habilidades futbolísticas. Por eso les dijo que cerraran el pico.

La verdad es que se sintió muy bien al hacerlo, al decirles que se callaran. Algo en su interior lo había advertido de que había llegado el momento de ponerse en pie y hacerse oír, de modo que eso fue lo que hizo: ponerse en pie y hacerse oír. Fue como decir: «Hasta aquí hemos llegado». Como si hubiera trazado una línea en el suelo y les hubiera prohibido cruzarla a los dos abusones.

No obstante, dicha sensación (la de ponerse en

pie y hacerse oír, la de decir «hasta aquí hemos llegado», la de dibujar una línea en el suelo y prohibírsela cruzar a los dos abusones) pasó a ser rápidamente para Fred nada más que un lejano recuerdo en cuanto Morris le aplicó el «calmante» en el muslo, le hizo la «taladradora» con el codo y le bajó los pantalones hasta las rodillas.

CAPÍTULO 7

Haga clic aquí

—Me siento fatal —dijo Ellie a la vez que intentaba ayudar a su hermano a salir del cubo de basura.

Lo último que hicieron Isla y Morris fue uno de los números clásicos de matonismo escolar: dejar caer de culo a Fred sobre el contenedor, de modo que sus piernas quedaran sobresaliendo como si fueran las asas de una carretilla.

—No te sientas fatal —replicó Fred.

—¿Qué has dicho? —preguntó Ellie.

—He dicho... —contestó su hermano, haciendo grandes esfuerzos para contener el llanto—... que no te sientas fatal.

—Pero yo soy tu hermana —respondió Ellie

mientras agarraba uno de los brazos de Fred y tiraba de él con todas sus fuerzas—. Solo porque sea una chica no significa que no deba protegerte de esos abusones y...

A medida que seguía hablando, fue dejando caer el peso de su cuerpo hacia atrás hasta conseguir que su hermano —el cual, con el cubo pegado al trasero, no se diferenciaba mucho de un caracol y su concha— saliera del atolladero en que se hallaba inmerso. Dos segundos más tarde, el contenedor de metal se fue rodando y repiqueteando; no sin antes, claro está, expulsar a Fred de su interior como si fuera una pelota.

—Ya lo sé, Ellie —dijo Fred recomponiéndose—. Tú has hecho todo lo que has podido, que es lo que importa. No es culpa tuya que Isla tenga los brazos tan largos.

Aquel comentario hacía referencia al hecho de que, mientras a él se le aplicaba el «calmante» en el muslo, la «taladradora» con el codo y la bajada de pantalones, Isla había estirado un brazo y le había puesto a Ellie la palma de la mano en la frente, bloqueándole el paso e impidiendo que se acercara lo suficiente como para poder ayudar a su hermano. Ella había tratado de defenderse manoteando unas cuantas veces e intentando darle con los puños en la cara a su agresora, pero, por desgracia, no tuvo la más mínima oportunidad de alcanzar su objetivo.

—¿Y el portátil? —preguntó Fred.

Los dos miraron al mismo tiempo a su alrededor. Ya no estaba sobre la repisa, sino en el suelo, junto a unos cuantos envoltorios arrugados de caramelo que habían salido desparramados del interior del cubo de basura. Había aterrizado boca abajo, medio abierto, como si fuera una minúscula tienda de campaña.

—¡Oh, Dios mío! —exclamó Ellie.

A continuación, lo levantó con sumo cuidado,

igual que hubiera hecho con un pajarillo herido. Sin embargo, una vez le hubo dado la vuelta, se percató de que no parecía haber sufrido desperfecto alguno. De hecho, incluso daba la impresión de encontrarse en mejor estado que antes y la pantalla resplandecía más brillante que nunca. Una nueva página web, que debía de haberse abierto con el golpe, mostraba lo siguiente:

Se trataba de un mando de consola con una pinta alucinante. Era negro, pero con líneas azules que lo cruzaban de arriba abajo. Además, en la parte superior derecha poseía seis botones en lugar de cuatro, como era lo normal; por otro lado, estos no tenían letras ni números, ni eran de los colores habituales (rojo, verde y amarillo), sino que estaban recubiertos cada uno de un tipo de piedra o metal precioso diferente: plata, oro, diamante, esmeralda, ámbar y rubí. Los controles de movimiento, los cuales tenían también una capa de diminutas joyas que los recubrían, parecían sobresalir de la pantalla, como en 3D. Por último, en el cuadro central no figuraba el rótulo de ninguna marca de videojuegos en concreto, tan solo la imagen de algo que no se sabía muy bien si era una persona, un animal o un fantasma bailando.

—Guau... —soltó Fred.

—Ya ves... —añadió Ellie conforme hacía clic en la pantalla para agrandar la figura.

En ese momento, las líneas azules que lo cruzaban de arriba abajo se iluminaron emitiendo un resplandor que inundó los rostros fascinados de Ellie y de su hermano.

—¿Qué página es esta? —preguntó Fred.

—No lo sé —contestó ella, que seguía con la mirada fija en la pantalla, completamente cautivada—. Pero lo que sí sé es que ese... es mi mando.

—¿Ah, sí?

—Sí. Puedo sentirlo.

Fred asintió despacio. Sabía que era inútil ponerse a discutir con su hermana cuando a esta se le metía algo en la cabeza.

—Vale..., pero... ¿cómo podemos comprarlo?

Ellie arrugó la frente, pensativa.

—Humm...

De repente, apareció un enlace que decía simplemente:

HAGA CLIC AQUÍ

De modo que eso fue lo que hicieron.

La pantalla permaneció borrosa durante unos instantes y, acto seguido, se abrió una pequeña ventana junto a la imagen del mando. En ella se veía a un hombre calvo, aunque con el pelo largo por la parte de atrás de la cabeza, que llevaba unas gafas de sol cuadradas, unos auriculares como los de los teleoperadores y que miraba de manera directa a los dos mellizos.

—Soy... Ay, vaya... Esperad un minuto.

El hombre se ajustó un poco los auriculares.

—Soy... —continuó con un leve eco electrónico en su voz—... ¡¡el Hombre Misterio!!

Fred y Ellie se miraron entre sí.

—Vale... —contestó ella—. Encantados de conocerte.

El hombre asintió con la cabeza. A continuación, hubo una pausa larga. El Hombre Misterio parecía estar evaluándolos desde el interior de la pantalla. Al fin, dijo:

—Contestadme a una cosa: ¿sois frikis?

—¿Cómo? —preguntó Ellie.

—¡¡Que si sois... FRIKIS!! —insistió de nuevo a todo volumen.

Fred y Ellie se miraron entre sí igual que antes y contemplaron sus respectivos jerséis de pico, sus gafas y sus aparatos de ortodoncia. Luego, reflexionaron unos segundos acerca de los *hobbies* que ambos compartían: los superhéroes, las películas fantásticas de animación japonesas, los cómics, las mates y los videojuegos. No tardaron mucho en darse cuenta de que la respuesta era:

—Pues, sí..., supongo que sí —dijo Ellie.

—Sí, supongo que sí —añadió Fred.

—No, eso no es suficiente —replicó el Hombre Misterio desde la pantalla del portátil—. Tenéis que decirlo en voz alta, y decirlo con orgullo. Es necesario que os sintáis contentos de serlo. Así que, os lo repito: ¡¿Sois... FRIKIS?!

Fred y Ellie se miraron entre sí una tercera vez.

—De hecho —afirmó ella encogiéndose de hombros—, tenemos otro par de amigos...

—Medio amigos —matizó su hermano.

—Sí..., que son incluso más frikis que nosotros y...

—¿Los iBabies? Son demasiado pequeños aún —la interrumpió la imagen—. No me interesan.

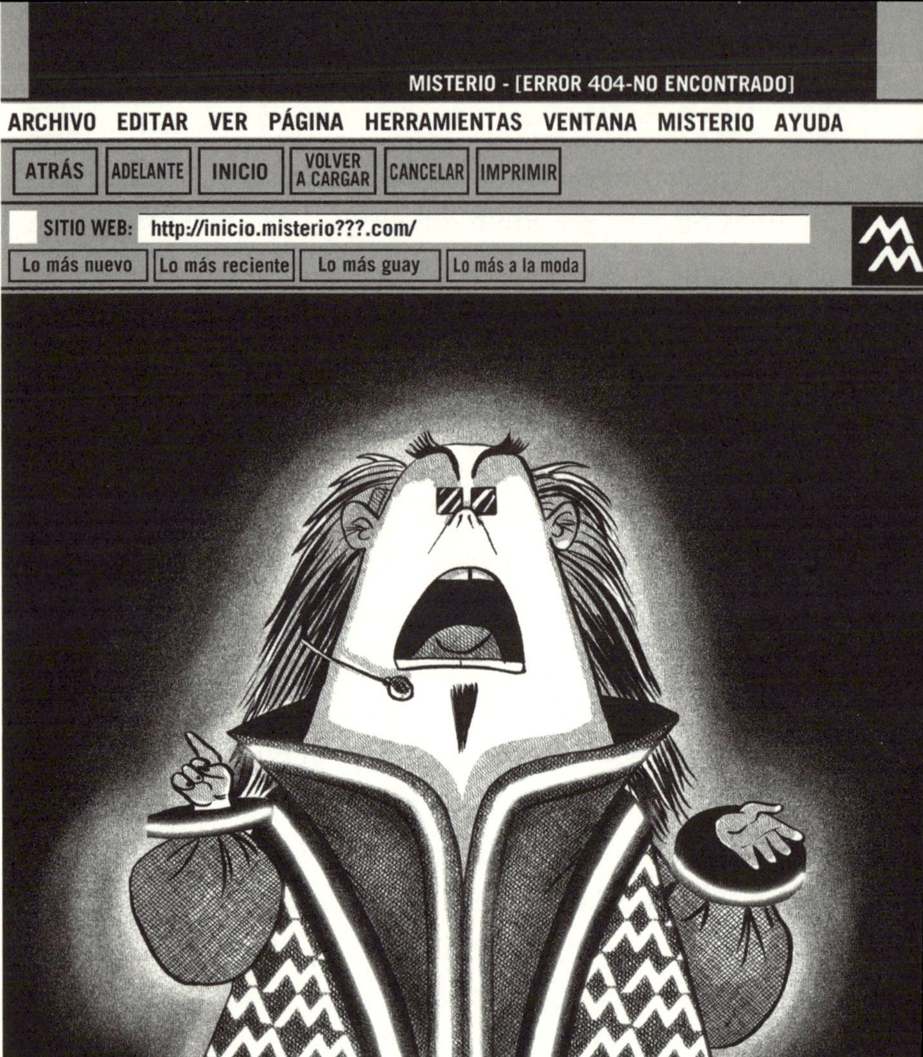

—Qué antipático... —dijo Ellie torciendo el gesto.

—¿Podemos continuar o no? —preguntó el Hombre Misterio—. ¡¿Sois o no sois... FRIKIS?!

Fred y Ellie se miraron entre sí por cuarta vez. No necesitaban hablarse entre ellos para saber con exactitud lo que iban a decir.

—¡SÍ! —exclamaron al unísono al tiempo que ambos se volvían hacia la pantalla—. ¡¡SOMOS FRIKIS!!

El hombre asintió con la cabeza con gesto de estar, por fin, satisfecho. Un instante después, se inclinó un poco hacia delante, como queriendo coger lo que fuera que hubiera debajo de la ventanita, y pulsó un botón. De repente, comenzaron a sonar los acordes de una musiquilla enigmática que parecía sacada de una película de terror.

—Entonces, vosotros, Ellie y Fred Stone... —dijo el Hombre Misterio con tono majestuoso—... sois los nuevos propietarios de... ¡¡¡el Mando!!!

CAPÍTULO 8

Dar las gracias

El Hombre Misterio alargó el brazo por segunda vez hacia abajo para hacer sonar de nuevo la misma musiquilla. Cuando esta hubo acabado, Ellie preguntó:

—¿Cómo sabes nuestros nombres?

—¿Y cómo sabes la edad que tienen Scarlet y Stirling? —añadió Fred.

—¿O que los llamamos los iBabies?

—Al Hombre Misterio no se le hacen preguntas —entonó con solemnidad.

—¿Cuál es tu verdadero nombre? —preguntó Fred.

—Mi verdadero nombre es «el Hombre Misterio». Y eso han sido varias preguntas seguidas. Os acabo de decir que al Hombre Misterio no se le hacen preguntas...

—Y, a pesar de ello, las has respondido... —replicó Ellie.

—Cállate —contestó enojado el hombre.

—Pero ¿cómo sabes nuestros nombres?

El Hombre Misterio suspiró pacientemente e hizo el típico gesto con la mano que hace la gente para restar importancia a algo.

—Apuesto a que ahora me vais a preguntar cómo yo, una cara en la pantalla, soy capaz de mantener una conversación con vosotros dos, personas de carne y hueso.

—Bueno —respondió Ellie—, doy por supuesto que es gracias a algún tipo de *webcam*.

El Hombre Misterio levantó la vista y puso los ojos en blanco.

—Oye, ¿queréis el Mando o no lo queréis?

—¿Quieres decir que ya lo hemos comprado?

—¡Ya estáis volviendo a hacer preguntas! ¡Por el amor de Dios!

—Pero ¿cuándo lo hemos pagado? ¿Cómo hemos podido pagarlo si no hemos hecho más que un simple clic sobre la imagen? —dijo Fred.

—Vamos a ver si lo entendéis... Todo eso que hacéis son preguntas. Se supone que no debo responder a ninguna pregunta. Bueno, en fin... Considerad-lo una prueba gratuita, ¿de acuerdo?

Aquello no pareció convencer mucho a Fred. Sin embargo, era capaz de saber, sin mirarla siquiera (ya que eran mellizos), que Ellie se encontraba sonriendo en ese preciso momento. De hecho, era capaz de saber, sin mirarla siquiera, que Ellie estaba a punto de contestar entusiasmada: «¡Sí! ¡De acuerdo!».

A pesar de ello, él no estaba muy seguro de si debían aceptar dispositivos extraños de desconocidos a través de internet, por muy tentadores que estos parecieran. De modo que iba ya a decir «Espera un minuto, Ellie...» cuando, de pronto, oyó una voz procedente del pasillo.

—No, Morris... Un matón de verdad aplaude siempre de manera sarcástica. Y despacio...

Fred se volvió y advirtió unos pasos acercándose.

—Ellie —anunció—, Isla y Morris vienen otra vez...

—¡Ah! ¿Y qué hacemos? —preguntó ella.

—Decir: «¡Sí! ¡De acuerdo!». Nada más. ¡¡¡De todas formas es lo que ibas a hacer!!!

—De manera sarcástica —se oyó comentar a Morris en el exterior del aula, aunque en esta ocasión ya mucho más cerca—. Vale. Y despacio...

Acto seguido, los dos distinguieron el sonido de unas manos practicando y haciendo palmas.

—¡Dilo! —le susurró Fred a su hermana.

—Muy bien —asintió Ellie dándose la vuelta hacia la pantalla.

El Hombre Misterio silbaba y miraba su reloj, haciendo evidente que se estaba aburriendo de tanto esperar su respuesta.

—¡Sí! —exclamó ella—. ¡De acuerdo!

—Sí. De acuerdo... ¿y qué más? —dijo el Hombre Misterio.

—Sí. De acuerdo. Aceptamos la prueba gratuita del Mando.

El Hombre Misterio negó lentamente con la cabeza.

—Sí. De acuerdo. Aceptamos la prueba gratuita del Mando... ¿y qué más...?

—Oye, Morris —se oyó la voz de Isla justo detrás de la puerta.

—¿Sí, Isla?

—Vamos a entrar otra vez. Quiero ver qué rollo era ese de videojuegos que estaban mirando los mellizos Stone...

Fred miró a Ellie. Ella no parecía haberlos oído.

—¿En serio tengo que dar las gracias a un ordenador?

—¡SÍ! ¡TIENES QUE DAR LAS GRACIAS!

Ella suspiró con resignación.

—Sí. De acuerdo. Aceptamos la prueba gratuita del Mando... GRACIAS.

El Hombre Misterio asintió con la cabeza en plan: «Eso es, ya era hora...». Después, chasqueó los dedos y desapareció.

Ellie frunció el ceño.

—¿Ya está? ¿Eso es todo? ¿No tengo que tirarme décadas rellenando mis datos ni diciendo que soy mayor de dieciocho y que acepto...?

Sin dejarla terminar, Fred cerró el portátil de golpe y, tirando de la mano de su hermana, salieron del aula de informática escabulléndose a toda pastilla por debajo de los brazos de Isla y Morris en el preciso momento en que estos entraban por la puerta.

CAPÍTULO 9

El paquete

Durante todo el camino de regreso hasta la misma entrada de su casa, Ellie siguió un tanto inquieta, dándole vueltas al asunto.

—Pero ¿cómo es que no hemos tenido que pagar por él? ¿Cómo van a poder mandárnoslo? ¿Cuándo se supone que nos va a lle...?

—¡Ellie!

La puerta se abrió y apareció Janine bajo el umbral, sosteniendo a *Margaret Arañatcher* con el brazo izquierdo y un paquete en la mano derecha.

—¿Qué es esto? —preguntó.

—No lo sé —respondió Ellie conforme entraban en casa.

—Es un paquete, Ellie. Obviamente, algo que habéis comprado por internet. ¿Cuántas veces tengo que deciros que no quiero que compréis cosas online sin pedirnos permiso?

Ellie puso cara de extrañeza.

—Es que no hemos comprado nada por internet...

—Pues viene a nombre de Ellie Stone.

—No, un segundo, mamá —dijo Fred recogiendo del suelo un gran sobre de cartón que alguien había rasgado y abierto hacía poco—, te lo han mandado a ti.

—No, eso es otra cosa que ha llegado al mismo tiempo y que sí he pedido yo —replicó ella a la vez que señalaba una pila de cartas (siempre había una montaña de correo, la mayoría sin abrir desde hacía años, en el vestíbulo de casa de los Stone) sobre la cual había una bolsa de plástico con una etiqueta que ponía: GORDANX.

—¿Qué es?

—Bueno, viene a ser un corsé —contestó Janine.

—¿Qué es un corsé? —preguntó Fred.

—¿No te acuerdas? —le recordó Ellie—. Los hicimos en el cole cuando estábamos con la época victoriana. Son esas prendas de ropa interior horribles y estrechas que solían llevar las mujeres para parecer más delgadas y que se ponen en la cintura y te la hacen superestrecha. Mamá, no deberías haber comprado algo así, son muy malos y, además, no lo necesitas...

—No es para mí. Es para tu padre —respondió Janine.

—Ah... —soltó Ellie.

—Bueno, no cambiéis de tema. ¿Dónde habéis comprado esto? —preguntó su madre levantando el paquete sin abrir que llevaba en la mano, el que iba dirigido a Ellie.

—No lo sé —contestó ella—. Yo no he hecho ningún pedido. ¿Pone por alguna parte la dirección desde la que lo han enviado?

Janine escudriñó el paquete. Instantes después, acercó el brazo con el que sostenía a *Margaret Arañatcher* hacia el objeto, como si ella —la gata— pudiera ser capaz de ver algo que ella —Janine— no.

—No. Qué raro... No hay nada más escrito por ningún lado.

Su madre pareció un tanto desconcertada; sin embargo, *Margaret Arañatcher* hizo lo habitual en ella.

Janine Stone llevaba al animal encima noche y día. A veces, Ellie y Fred se preguntaban cómo y cuándo iba la gata a hacer pis o caca, ya que, aparte del rato en que le tocaba comer, se hallaba en todo momento en el brazo izquierdo de su dueña. Lo que no estaba muy claro es qué le parecía aquello a *Margaret*. Bueno, a veces sí que estaba claro, a veces sí que era evidente lo que le pasaba por la cabeza: «Pero ¿qué hago colgando siempre del brazo de esta mujer?». Cuando eso sucedía, pegaba un respingo y comenzaba a trepar extremidad arriba hasta encaramarse a la espalda de Janine.

No obstante, la madre de Fred y Ellie no era de las que se rinden con facilidad. De modo que volvía a agarrar a *Margaret* del pescuezo hasta que esta, tras permanecer un rato haciendo molinillos frenéticos en el aire con las patas, como si fuera un peludo ventilador eléctrico con zarpas, se calmaba por fin, se daba por vencida y volvía a dormirse sobre su brazo.

Esto es exactamente a lo que me refería cuando os decía que el animal hizo, en ese momento, lo que hacía siempre.

—*¡Margaret! ¡Margaret! ¡Margaret!* —gritó Janine cada vez más fuerte, entre los constantes maullidos del pequeño felino, hasta verse obligada a soltar el paquete.

Aunque Fred lo atrapó al vuelo, fue Ellie quien dijo:

—¡Genial! ¡Vamos a la sala de juegos!

CAPÍTULO 10

Sincronizar con Mando

La sala de juegos en casa de los Stone tenía tanto de sala de juegos como el aula de informática del colegio Bracket Wood de aula de informática. Fundamentalmente, se trataba de un pequeño cuartucho que no servía para nada con una cama, la cual solían usar sus abuelos cuando se quedaban unos días de visita, una alfombra raída y un canasto, dentro del cual dormía *Margaret*.[8]

A pesar de tan limitado mobiliario, poseía un te-

---

8. Algo que jamás hacía, ya que Janine se aseguraba siempre de que durmiera en su cama y en la de Eric. Por otro lado, ella solía enfadarse si, por la mañana, *Margaret Arañatcher* no estaba acurrucada junto a ella sino encima de la cabeza de su marido. «Es el olor a beicon», se decía a sí misma para encontrarle una explicación a dicha conducta.

levisor sujeto a la pared, y aquello había sido suficiente para que se convirtiera en el sitio donde Fred y Ellie jugaban a la consola. Por norma general, lo hacían sentados en el suelo, aunque a veces, cuando no acababan de dormir en ella sus abuelos y no olía un poco a «humedad», lo hacían en la cama.

Nada más entrar, Ellie rasgó el envoltorio del paquete hasta acabar haciéndolo trizas.

—No puede ser, ¿verdad? Quiero decir... ¡No es posible! —dijo ella.

—No, no puede ser —respondió su hermano—. No es posible.

Pero sí que lo era. Ellie metió muy despacio la mano dentro de la caja y sacó de ella... el Mando. El mismo mando negro con líneas azules y botones recubiertos de pequeñas piedras preciosas. Igualito al que habían visto en la pantalla del ordenador hacía tan solo media hora escasa.

—No lo entiendo —afirmó Ellie—. ¿Cómo puede haber llegado tan rápido?

—No lo sé —contestó Fred.

Su hermana lo miró concienzudamente buscando alguna pista al respecto. Sin embargo, allí no figuraba el nombre de ninguna marca, ni había nada escrito por ningún lado. Solo una reluciente tapa metálica bajo la cual, supuso, debía de ir la batería. De hecho, una tapa metálica muy reluciente; tanto que incluso podía ver reflejada su cara en ella.

Aquello la distrajo por unos instantes. Ellie nunca había pensado demasiado en su habitual aspecto físico. Tenía el que tenía y ya está. No obstante, desde que Isla le había dicho aquello de las chicas con gafas, había empezado a darle vueltas al asunto y comenzado a plantearse que, tal vez, debería variar un poco su apariencia externa; que, tal vez, debería llevar a cabo un cambio de *look* que incluyera las gafas, el aparato de ortodoncia y todo lo que la hacía parecerse tanto a su hermano; que, tal vez, todo eso era un poco...

—Bueno... ¿Qué tal? ¿Cómo lo sientes? Me refiero al tacto... —preguntó Fred rompiendo el ensimismado hilo de pensamiento de su hermana.

Entonces Ellie sostuvo con suavidad el Mando en una mano como si quisiera averiguar su peso y, a continuación, comenzó a cambiárselo de una a otra. Luego, puso los pulgares sobre los dos *joysticks* y los movió muy despacio de un lado a otro. Después, palpó con la yema de los dedos por encima de los botones del centro, para formarse de manera meticulosa una opinión al respecto.

Una vez finalizado el exigente escrutinio del dispositivo, levantó la vista y miró a su hermano al tiempo que una sonrisa encandilada se dibujaba en su rostro. Incluso puede que (a pesar de que Fred no podía asegurarlo) una pequeña lagrimita asomara por su ojo derecho.

—Perfecto. Tiene el tacto perfecto.

Fred sonrió, encantado de ver a su hermana encantada.

—¿Viene así? —preguntó él—. ¿No viene con nada más? ¿Ni instrucciones ni nada?

Ellie volvió a mirar en el interior de la caja y rebuscó entre varios papeles arrugados.

—No. Solo... esto —dijo ella mientras extraía una pequeña pulsera, también con una brillante línea azul alrededor.

Sujeta a ella había una etiqueta en la que se podía leer:

POR FAVOR SINCRONIZAR CON EL MANDO

—¿Qué quiere decir? —preguntó Fred.

—No lo sé.

—Se supone que tú eres la experta en videojuegos, ¿no?

Ellie se encogió de hombros y se puso la pulsera. Al principio creyó que encajaba a la perfección en su muñeca; no obstante, un segundo más tarde, cuando volvió a coger el Mando, se le aflojó y se le descolgó hasta acabar entre sus dedos, lo cual hizo que la sensación que había tenido hasta entonces de que todo era perfecto se diluyera por unos instantes.

Intentó colocársela más arriba, pero cada vez que volvía a coger las asas del aparato, esta se deslizaba de nuevo hacia abajo impidiéndole pasar a la acción.

—¡Argh! —exclamó entregándosela a su hermano—. ¿Puedes aguantarla hasta que averigüe cómo funciona esto?

—Vale —respondió Fred al tiempo que se la ponía en su muñeca.

La verdad es que no le quedaba nada mal. Le hacía sentir como si fuera una estrella de rock. De hecho, pensó: «A lo mejor debería ponerme una en la otra muñeca, con púas...».

Mientras tanto, su hermana seguía luchando por hacer funcionar el Mando. Encendió la consola y, enseguida, los típicos gráficos de bienvenida iluminaron la pantalla del televisor.

Sin embargo, esta no pareció advertir la presencia

del dispositivo nuevo dentro de la habitación. Ellie apretó el botón principal, ese que tenía un dibujo que parecía alguien bailando. Al no obtener resultado alguno, pulsó el resto, los que estaban recubiertos de piedras preciosas, pero el aparato siguió sin activarse. Incluso llegó a agitarlo como si fuera una maraca. Nada. Tanto la consola como la pantalla parecían incapaces de reconocerlo.

—¡¿Qué se supone que has de hacer?! —exclamó ella.

—No lo sé —respondió Fred.

—¿Se supone que tienes que cargarlo?

—No lo sé.

—¿Se supone que tienes que conectarlo a un ordenador?

—No lo sé.

—¿Cómo se enciende?

—No lo sé.

—¡¡¡¡¡Arrrrrggggggghhhhhhh!!!!!! —soltó Ellie desesperada.

Entonces lo levantó en el aire con ambas manos como si fuera a estrellarlo con fuerza en el suelo de la sala de juegos. Fred, que odiaba la mera idea de que algo se rompiera en su presencia y que seguía —como el bebé crecidito que en realidad nunca había dejado de ser— asustándose todavía ante cualquier tipo de ruido repentino, alzó también los brazos para intentar detener a su hermana.

Justo en ese momento fue cuando el Mando, al mismo tiempo que la pulsera que él llevaba puesta, se iluminaron de repente.

CAPÍTULO 11

Estate listo

—Oh, oh... —dijo Ellie.

—Oh, oh... —repitió Fred.

Ella tenía las manos levantadas en el aire. Igual que él. El Mando y la pulsera estaban a unos centímetros escasos de distancia. Algo relacionado con esta proximidad debió de ser la causa de que, de repente, las líneas azules de ambos objetos se iluminaran.

—Qué... suerte... ¿no? —manifestó ella dubitativa bajando de nuevo el aparato.

—Sí —asintió su hermano—. Desde luego.

A continuación, Ellie apuntó a la consola. Ahora sí, las opciones de juego que aparecieron fueron las siguientes: *FIFA*, *Street Fighter*, *Super Mario* y *Mine-*

craft. Sin embargo, ninguno de los recuadros donde figuraban los iconos de los respectivos juegos se iluminaba. Acercó el dispositivo hasta casi ponerlo contra la pantalla, más en concreto, intentando activar el *Mario*, pero nada. Sin saber ya qué hacer, le dio a todos los botones a la vez y movió sin sentido el *joystick* de un lado para otro.

—¡No funciona, Fred! ¡Sigue sin funcionar!

—¡¿Qué está pasando?! —gritó su hermano de pronto—. ¡Ellie! ¿Qué está pasando?

Ellie alzó la vista y miró a su alrededor. Fred estaba acurrucado en el alféizar de la ventana. Por suerte, esta se encontraba cerrada.

—¿Qué haces ahí?

—No lo sé —respondió él.

—¿No sabes qué haces ahí?

—Pues, estoy... aquí, en cuclillas... Lo que quiero decir es que no sé cómo he llegado hasta aquí.

—¡Fred, no seas idiota! Te habrás subido tú...

—Yo no me he subido. ¡He saltado hasta aquí!

—¿Cómo que has saltado hasta ahí? ¿De golpe? ¿Así sin más?

—Sí.

—¿Sin caerte?

—Sí.

Ella se lo quedó mirando fijamente. El alféizar de

STREET FIGHTER

la ventana se encontraba a casi un metro de altura del suelo.

—¿Estás seguro?

—Ellie, estaba a tu lado, junto a ti. Tú estabas mirando la pantalla y jugueteando con el Mando. Lo siguiente que sé es que he saltado hasta aquí.

Su hermana lo observó con detenimiento por segunda vez y se dio cuenta de algo: las luces de ambos objetos parpadeaban de manera acompasada, latían al mismo tiempo, sincronizadas a la perfección la una con la otra.

De modo que dijo:

—Repite eso.

—Lo siguiente que sé es que he...

—No..., eso no. Lo que has dicho antes.

Fred frunció el ceño.

—¿Que estabas mirando la pantalla...?

—No, lo que has dicho entre eso y lo de que saltaste...

Fred volvió a fruncir el ceño.

—¿Que estabas... jugueteando con el Mando...?

Ellie asintió con la cabeza muy despacio.

—Sí, eso es lo que estaba haciendo... —afirmó ella asintiendo otra vez—. ¿Fred? ¿Podrías... prepararte? Me gustaría probar una cosa.

—¿Prepararme? ¿Cómo que prepararme...?

—Pues, no sé... Tú solamente... estate listo.

Fred no tenía ni idea de lo que quería decir; no obstante, respiró hondo y dijo:

—De acuerdo.

CAPÍTULO 12

¡UUUUUaaaaaAAAAA!

De los dos mellizos, Ellie era la más segura de sí misma. Siempre era ella la que tomaba las decisiones, la que sabía lo que era cada cosa. Era más madura, capaz de comprender cosas que Fred aún no podía entender del todo.

No obstante, a pesar de actuar como si supiera qué era lo que ocurría en aquel momento (tomando el control de la situación y diciéndole a Fred que se preparara y todo eso...), lo cierto es que, en el fondo, no entendía muy bien lo que estaba pasando.

En realidad, no podía creerse lo que su mente le decía acerca del modo en que su hermano había ido a parar al alféizar de la ventana. Igual que tampoco creía que fuera a suceder algo cuando volvió a apuntar con el Mando a Fred y movió el *joystick* hacia abajo manteniendo apretado el botón de esmeraldas.

Sin embargo, sí que sucedió algo.

Las piernas de su hermano se extendieron de repente y este pegó un ágil y vistoso brinco en el aire desde la ventana hasta aterrizar otra vez en el suelo de la sala de juegos.

—Oh, Dios mío... —dijo Ellie.

—¡¿Lo ves?! —exclamó Fred—. ¡Es lo mismo que ha pasado antes! Solo que al revés. Y... ¡¡¡UUUUU-aaaaaAAAAA!!!

Ellie, que no había podido evitar, mientras Fred hablaba, quedarse mirándolo con una sonrisa alucinada, acababa de mover el *joystick;* en esta ocasión, haciéndolo girar.

Lo cual había dado lugar (si no era por eso, se trataba, desde luego, de una coincidencia bastante asombrosa) a que su hermano comenzara a girar en círculo sobre sí mismo a toda velocidad.

Acto seguido, sintiéndose cada vez más segura, presionó el botón de rubíes y empujó el control hacia arriba, levantando de manera vertical a Fred hasta el techo. «¡¡¡¡AAARRGGGHHHH!!!!!», exclamó este, y a continuación le hizo dibujar una perfecta pirueta para volverlo a bajar a tierra.

En cuanto comprobó que se encontraba bien y que no se había roto nada, Fred, casi sin aliento y con los ojos abiertos de par en par, dijo:

—¡Ellie! ¿Qué pasa?

—¿Ves la pulsera que llevas puesta?

—Sí.

—Me parece que está sincronizada con el Mando. Bueno, de hecho, creo que te sincroniza... a ti con el Mando.

Ahora le tocó a Fred quedarse mirando muy serio a su hermana. Al cabo de unos segundos, se echó a reír.

—¡Bah! ¡Esa sí que es buena, Ellie! ¡Muy graciosa! Y ahora ¿me quieres contar por qué me he puesto a dar vueltas en el aire sin ninguna raz...? ¡UUUUUU-OOOOOO! —soltó súbitamente al tiempo que, nada más mover su hermana el *joystick* hacia arriba y darle a la vez al botón dorado, saltaba de nuevo y aterrizaba con una voltereta hacia delante sobre la cama supletoria.

—¡Ah! ¡Está húmeda! —exclamó él surgiendo de detrás de la almohada.

—¡Fred, está ocurriendo de verdad! ¡Estás sincronizado con el Mando! ¡Tú eres mi avatar!

Fred asintió con la cabeza, aceptando al fin la evidencia.

—¿Y qué vas a hacer? ¿Me vas a cambiar la ropa, el pelo y todo eso?

—No —respondió Ellie—. A mí no se me dan bien los avatares. Esa es tu especialidad.

—¿Crees que funcionará igual si cambiamos?

—No lo sé... —dijo ella—. ¿Lo probamos?

Su hermano aceptó emocionado ante la idea. Estaba a punto de quitarse la pulsera —y Ellie a punto de pasarle el Mando— cuando de pronto, procedente del exterior, oyeron un alarido: ¡¡¡¡SOOOCCCOOORRRROOOO!!!!».

CAPÍTULO 13

Las 19.13

Los mellizos salieron fuera de casa a toda pastilla. En medio de la calle, mirando hacia arriba, se encontraba Eric, con un bocadillo de beicon en la mano, y también Janine, la cual, esta vez, no sostenía a *Margaret Arañatcher* en el brazo izquierdo, cosa que, por otra parte, quería decir que algo iba mal.

—¿Qué ha pasado? —preguntó Ellie.

—¡*MARGARET!* ¡MI PEQUEÑA *MARGARET*! ¡MI PRECIOSA *SEÑORITA ARAÑATCHER*! —chillaba su madre entre sollozos.

—¿Qué le ha pasado? —dijo Fred.

—Está ahí arriba —respondió Eric señalando hacia algún sitio en las alturas mientras masticaba ruidosamente.

Los Stone, como ya sabéis, vivían en un piso bajo. No obstante, al lado de su edificio estaba el chalet donde residían los White. Estos eran unos vecinos ejemplares. Excepto en Navidades. En dicha época del año, transformaban su casa en el santuario navideño más devoto del barrio, puede que de todo Bracket Wood. Derek, el padre, colgaba siempre bombillas por toda la entrada; luego, por encima de la ventana que daba al salón, colocaba un gran neón con la forma de un sonriente Papá Noel subido en su trineo tirado por doce renos voladores; por último, en el jardín, ponía un enorme árbol de Navidad decorado con todo tipo de luces navideñas imaginables.

A Fred y a Ellie les gustaba, pero a Eric no. Él pensaba que lo único que quería Derek era acaparar toda la atención. Por no hablar de lo mucho que acaparaba el suministro de electricidad. Aunque lo que más le disgustaba de su vecino era que montara todo aquel tinglado y lo encendiera... a finales de octubre.

Sí, en efecto, no había duda de que aquello era algo que, por decirlo con suavidad, le disgustaba.

—¡La Navidad no es cuando a ti te apetezca! —solía gruñir mientras miraba a través de las cortinas del cuarto de estar las luces de la casa de al lado.

—Ya, ya, Eric... A ti lo que te molesta es no poder comerte el pavo relleno y su guarnición hasta dentro de unos meses... —le respondía siempre Janine.

—¡Eso no es verdad! ¡No, señor! —protestaba siempre él.

—Tienes razón —replicaba su mujer diciendo siempre lo mismo—: Es por los canapés envueltos en beicon en los que estás pensando...

Sin embargo, en esta ocasión no era de eso de lo que hablaban. Esta vez, Eric y Janine se hallaban los dos en mitad de la calle mientras la esposa de Derek White, Kirsty, junto con sus dos hijos, Leo y Emma, aguardaban que el cabeza de familia le diera al interruptor y encendiera las luces.

Cosa que estaba a punto de hacer, ya que se encontraba junto al árbol con un cable en la mano.

—¡¡Ni se te ocurra hacerlo, Derek!! —le espetó Janine de pronto—. ¡¡¡Te denunciaré a la Asociación contra el maltrato animal!!!

—Mira, Janine —replicó Derek—. Yo tengo por norma encender mis luces de Navidad a las 19.15 el día 22 de octubre. Ahora son exactamente las 19.13. Como tu gato no baje en dos minutos, lo siento, pero me temo que no respondo de las consecuencias...

—*¡¡MARGARET!! ¡¡MARGARET!!* —gritó ella.

—Sí, venga, vamos, *señorita Arañatcher* —dijo Eric

con un tono más calmado después de haber engullido el último bocado de su bocadillo.

—Miiiiaaaauuuu...

Fred y Ellie levantaron la vista e intentaron localizar el lugar del que procedía el sonido. Fue entonces cuando vieron que una esponjosa bola de pelo blanco estaba encaramada a lo alto del árbol de Navidad, agarrada bien fuerte con las uñas a la gran estrella plateada que coronaba el inmenso abeto, una estrella plateada con infinidad de cables llenos de minúsculas lucecitas rodeando sus cinco puntas.

—¿Tú crees que está bien ahí arriba? —preguntó Fred.

—No sé, no sé... —respondió Ellie.

—Oh, por favor, Señor Todopoderoso... Te prometo que estas Navidades haré todo lo que me pidas..., pero rescata a *Margaret Arañatcher* de su terrible destino...

Los dos mellizos miraron a su alrededor. En efecto, tal y como sugerían las palabras que acababan de oír, su madre se había puesto a rezar; algo que ninguno de ellos la había visto hacer jamás. Tenía los ojos cerrados y orientaba sus plegarias hacia el lado opuesto del árbol; probablemente porque era en aquella dirección, más o menos, por donde se encontraba, a unos tres kilómetros, la iglesia más cercana.

—Prometo no ver tanto la televisión durante el día... Prometo no meterme tanto con Eric... Prometo vigilar mejor que los niños no se coman sus bocadillos de beicon...

—Fred —murmulló Ellie—. Prepárate.

—¿Qué...? —respondió Fred.

En ese momento se dio cuenta de que su hermana seguía teniendo el Mando en la mano, y de que él seguía llevando también la pulsera en la muñeca.

No sabía muy bien qué era lo que se proponía hacer Ellie, pero, fuera lo que fuera, no le daba ninguna buena espina.

CAPÍTULO 14

¡Yujuuu! y ¡Yupiyupiyey!

—Prometo que cuidaré mejor de los niños y que me encargaré de que no les pase nunca nada malo... —continuó Janine segundos antes de detener repentinamente sus oraciones.

La prueba de que detuvo repentinamente sus oraciones es que dejó de hablar. Y dejó de hablar porque se quedó mirando boquiabierta el árbol. El árbol al que, justo en aquel instante, estaba trepando su hijo.

Bueno, decir que trepaba no es correcto del todo. Más bien ascendía a toda velocidad; pero no escalando en el sentido literal del término, sino que iba saltando hacia arriba de rama en rama con los dos pies juntos sin ni siquiera tener que agarrarse a ellas con las manos, pegando brincos como si tuviera muelles en la suelas.

—Caray... —dijo Eric.

—¿Eso no es un poco peligroso? —preguntó Kirsty White.

—Yo diría que sí —respondió su marido, Derek White—. Pero lo peor de todo es que yo tengo que encender las luces de Navidad dentro de nada y todo esto lo único que consigue es desviar el foco de atención. ¡¿Os importaría hacer bajar a vuestro gato *y* a vuestro hijo, por favor?!

—Ellie —replicó Janine ignorando la petición que acababan de hacerle—, ¿cuándo ha aprendido Fred a hacer... eso?

Sin embargo, no obtuvo respuesta. Para su sorpresa, su hija estaba jugando en un momento así con ese mando nuevo que había llegado hoy por correo; apretando botones de un modo frenético, como si tuviera la pantalla enfrente, lo cual, como era evidente, no podía ser, ya que se encontraban todos en la calle frente al jardín de sus vecinos. Janine tomó buena nota de aquel extraño comportamiento y se dijo a sí misma que, más adelante, tendría que tener una pequeña charla con Ellie acerca de su obsesión por la consola, pues hasta entonces no se había dado cuenta de que había llegado a tal extremo que era capaz de ponerse a hacer como si estuviera jugando con ella sin ni siquiera tenerla delante.

No obstante, no tuvo tiempo para seguir pensando en ello, ya que Fred había subido tan deprisa que ya casi había llegado a la copa del árbol.

Mientras tanto, Ellie seguía concentrada al cien por cien en los movimientos de su hermano. Desde luego una cosa era hacer que este se encaramara y bajara luego del alféizar de la ventana de la sala de juegos y otra muy distinta hacerlo trepar hasta lo alto de un árbol de seis metros.

A pesar de ello, como ya sabemos, era toda una experta en el manejo de todo tipo de videojuegos. No es de extrañar que, a pesar de que Fred pareciera estar muerto de miedo, cada vez que este se impulsaba de nuevo y se posaba sobre una rama superior, su confianza en lo que hacía (y la de él) fuera aumentando un poco más. Incluso empezaron a pasárselo bien.

—¡Yujuuu! —exclamó su hermano—. ¡Yupiyupiyey!

—¿Qué ha dicho? —preguntó Derek—. ¡¿Yujuuu?! ¡¿Yupiyupiyey?!

—Sí —asintió Eric, perplejo.

—Eric, deberíamos decirle que bajara —dijo Janine.

—Sí. ¡Fred! ¡Baja de ahí!

—¡¡Pero después de que coja a la gata, Eric!! —añadió ella.

—Ah... —dejó escapar su marido.

Quien estaba aún más confusa por todo lo que sucedía que los propios humanos era *Margaret Arañatcher.* Aunque es cierto que dicha confusión resultó, de hecho, de bastante utilidad, ya que el animal se quedó quieto por completo observando con asombro cómo el pequeño de la casa iba acercándose cada vez más y más.

Por fin, Fred llegó a la copa del árbol y alargó una mano hacia la gata, la cual se hallaba todavía a unos centímetros por encima de él.

—Hola, *Margaret*... —susurró—. Vamos, *Margaret*, baja de aquí. Ven conmigo.

Margaret Arañatcher se lo quedó mirando con sus grandes ojos gatunos. A continuación, giró la cabeza hacia un lado para llevar a cabo un importantísimo y, en ese preciso instante, absolutamente imprescindible lavado de pelaje. ¡Lam! ¡Lam! ¡Lam!, sonaban los lametazos. Luego, Fred alargó la otra mano y *Margaret Arañatcher* detuvo de golpe su vital proceso de aseo, soltó un bufido y se bajó de un salto del árbol, aterrizando en el alféizar de la ventana que daba al salón de la casa de los White, justo al lado de *Ru-*

dolf, el reno de Papá Noel hecho de cables de luces de neón. Desde ahí, se subió después, de un solo brinco, al tejado de sus cada vez más nerviosos vecinos.

—*¡MARGARET!* —gritó Janine

—Ay, chiquitina... —murmuró Eric.

—Un minuto... —les advirtió Derek—. Tenéis un minuto antes de que encienda las luces...

—¡¡Pero nuestro hijo está ahí arriba!! —replicó Eric.

—Las reglas son las reglas —contestó Derek.

Fred miró a Ellie desde arriba. Esta tenía el Mando en la mano. Sus pulgares se hallaban ya dispuestos sobre los botones. A continuación, le hizo un gesto de asentimiento a su hermano y le dijo moviendo los labios: «A por ella... Yo me encargo de que no te caigas».

De modo que Fred (porque, como ya sabemos, los dos mellizos eran capaces de leerse los labios a distancia) asintió también con la cabeza indicando a su hermana que entendía lo que acababa de decirle. Acto seguido, se puso en cuclillas y, al cabo de un segundo, los dedos de Ellie comenzaron a volar de un lado a otro.

CAPÍTULO 15

La típica cuenta atrás

En ese momento, Fred saltó del árbol haciendo un triple mortal en el aire, algo tal vez un pelín innecesario y exhibicionista, y aterrizó también en el alféizar de la ventana del salón de los White; en su caso, junto al trineo de Papá Noel. Entonces se deslizó por encima de los cables de luces de neón hasta llegar a los cuernos de uno de los renos —*Trueno* o posiblemente *Relámpago*—. Un segundo después, se encaramó a la punta de uno de ellos y comenzó a girar como si fuera una peonza.

—¡¡¡MADRE MÍA!!! —exclamaron Eric y Janine al unísono antes de salir corriendo y ponerse debajo de la ventana con la esperanza de coger a su hijo si se caía.

—¡¡¡Papá, mamá!!! ¡¡¡No pasa nada!!! —les gritó Fred desde arriba.

Aunque la verdad es que daba vueltas tan deprisa que era complicado entender lo que decía. Para que lo comprendáis mejor, lo que quiero decir es que tan pronto como su boca se hallaba orientada en la dirección correcta pasaba, en un visto y no visto, a dejar de estarlo. Acto seguido, y sin dejar de rotar a toda velocidad como si fuera una centrifugadora, dibujó un arco perfecto en el aire hasta el borde del tejado y, nada más apoyar un pie sobre él, pegó un nuevo brinco y empezó a moverse saltando de teja en teja.

—¿Qué ha dicho? —preguntó Eric.

—Ha dicho que no le va a pasar nada —respondió Ellie.

—¡¿Y tú qué sabes?! —le gritó su madre—. ¡¡¡Si lo único que haces todo el rato es darle como una loca a la cosa esa!!!

En efecto, eso mismo fue lo que siguió haciendo. El pequeño felino acababa de salir espantado hasta el otro extremo del tejado, de modo que Fred se vio obligado a seguirlo hasta que, con un último y calibrado impulso, se situó frente a *Margaret*.

Esta no reaccionó nada bien (lo cual no era de

extrañar, ya que era incapaz de reconocer a Fred en aquella persona que no paraba de hacer piruetas de un lado a otro). Lo más probable es que pensara: «¡Este bicho es una mezcla entre un canguro y un mono!». Razonamiento totalmente comprensible en el asustado animal. A continuación, erizó el lomo de la manera en que suelen hacerlo los gatos, soltó un largo maullido y hundió las uñas en los cables, agarrándose a ellos con fuerza. Circunstancia que no hubiera resultado tan preocupante de no ser por la gran cantidad de ellos que, en aquel preciso instante, había debajo de sus patas.

—¡Se acaba el tiempo, señores Stone! —exclamó Derek White, el cual parecía haberse vuelto un poco loco con todo lo que sucedía.

—¡No puedes encender ahora las luces, Derek! —dijo Eric.

—¡Mi gata está ahí arriba! —añadió Janine.

—¡Y nuestro hijo! —matizó su marido.

—¡Sí! —afirmó ella—. ¡Él también!

—Muy bien, querida familia... —concluyó Derek—. Ha llegado la hora de la típica cuenta atrás... ¡Diez!

El resto de los White —Kirsty, Leo y Emma— pusieron cara de no saber muy bien qué hacer; pero no es fácil dejar de unirse a una cuenta atrás cuando esta ya ha empezado. Sobre todo, cuando es Navidad (a pesar de que fuera octubre).

—¡Nueve! —soltaron todos a la vez.

Los Stone se miraron entre sí llenos de desconsuelo.

Rápidamente, Eric dijo:

—¡Ellie!

—¡Ocho!

—¡Ellie! ¡Tú eres la mayor! ¡Él siempre hace lo que tú le dices!

—¡Sí! ¡Dile que baje! ¡Con *Margaret Arañatcher*!

—Siete... Seis... Cinco...

Ellie miró a sus padres; luego, levantó la mirada hacia el tejado y aguzó la vista intentando concentrarse aún más. Su hermano se encontraba ya muy cerca de la gata. Sin embargo, las uñas del animal seguían agarradas con fuerza a los cables. Aquella situación requería medidas especiales.

—Cuatro... Tres...

—¡¡ELLIE!! —gritaron al unísono Eric y Janine—. ¡¡HAZ ALGO!!

—¡¡¡YA HAGO ALGO!!! —respondió ella.

Entonces presionó a la vez L1 y R1 y, al tiempo que con el pulgar pulsaba el botón de diamantes, movió el *joystick* de un lado a otro.

Después, volvió a mirar hacia arriba.

Su hermano acababa de pegar un nuevo salto. Sin embargo, en aquella ocasión, su cuerpo se contorsionó y se puso boca abajo, como si estuviera dando una voltereta lateral en el aire. Se trataba de un truco secreto que casi nadie sabía que existía, salvo Ellie. Desde luego, *Margaret Arañatcher* no lo conocía, porque se quedó atónita mirando a Fred y, durante un par de segundos, se olvidó de erizar el lomo, de maullar y, lo que es más importante, de seguir agarrada con las uñas a los cables.

Esto fue lo que le permitió a Fred, según terminaba de dar en el aire la voltereta lateral, coger a la gata, levantarla del tejado...

—Dos...

... y, a continuación, salir disparado, rebotar en el canalón, volar unos cuantos metros por encima del jardín, sacar un brazo para agarrarse a una de las ramas del árbol de Navidad, dar una vuelta completa alrededor de ella y, por último, posarse en el suelo de forma elegante...

—¡¡¡¡Uno!!!!

Un resplandor luminoso (así como un coro que cantaba con voz informática *Jingle Bells* desde un iPod conectado en algún lugar del interior de la casa) acompañó el aterrizaje de Fred, el cual se produjo, con los pies perfectamente juntos, frente a sus padres, los cuales, a su vez, lo observaban petrificados y con la boca abierta.

Fred le entregó a su madre la gata.

—Feliz Navidad, mamá —dijo.

CAPÍTULO 16

¿Nos queda algo de beicon?

Tan pronto como volvieron a entrar en casa, Fred y Ellie mantuvieron una reunión secreta en la sala de juegos. El primer y prácticamente único punto del orden del día era el siguiente: ¿debían o no contarles a sus padres lo que estaba pasando?

—Yo creo que no —susurró ella debido al hecho de que se hallaban pared con pared con el cuarto de estar en el que se encontraban Eric y Janine—. Además, de todas formas, no nos creerían. Y, si lo hicieran, nos quitarían el Mando y...

—¿Intentarían venderlo? —preguntó Fred.

—Bueno, yo iba a decir que lo llevarían a algún laboratorio de expertos para que le hicieran pruebas o algo así, pero...

Justo en ese preciso momento, abrió un poco la puerta y observó a hurtadillas a sus padres. Estos, a pesar del hecho de que su hijo —y su gato— acabaran, hacía apenas dos minutos, de haber corrido peligro de muerte, se encontraban ahora sentados delante de la televisión viendo *Un tesoro en tu casa*.

—Sí, seguro que eso es lo que harían... —concluyó Ellie.

—Pero ¿qué les decimos sobre lo que acaba de ocurrir ahí fuera?

Su hermana reflexionó unos instantes.

—Tendremos que inventarnos algo.

Fred asintió. Después, su hermana abrió la puerta del todo y los dos entraron en el cuarto de estar.

—¡Fred! —exclamó Janine sin apartar la vista de la pantalla del televisor—. ¡Ha sido increíble!

—Sí —añadió Eric—. Increíble. ¿Nos queda algo de beicon?

—De hecho, ¿sabes qué? —le dijo Ellie a su hermano—. Creo que no hace falta ni que nos molestemos.

Acto seguido, ambos regresaron otra vez a la sala de juegos.

—Bueno... ¿Entonces, qué es lo que ha sucedido? —preguntó Fred tan pronto como hubieron cerrado de nuevo la puerta.

—No lo sé. Yo te controlaba...

—Eso ya lo sé. Pero ¿cómo?

—No tengo ni idea.

Fred se quedó pensativo unos segundos.

—¿Dentro de qué juego estaba?

Aquella podría parecer una pregunta extraña para el resto de los mortales; no obstante, Ellie sabía lo que su hermano quería decir. Se refería al *Super Mario*.

Fred asintió con la cabeza y continuó:

—Por eso saltaba tan bien y aterrizaba de esa manera...

—Sí.

—¿Cómo sabes el juego que digo? ¿Cuál crees que es?

Ellie se encogió de hombros y contestó:

—Es el mismo en el que yo estaba pensando mientras usaba el Mando...

Él repitió el mismo gesto de asentimiento de antes.

—¿Crees que funcionará igual si... piensas en otro juego... en otro sitio...?

Una vez más, ella sabía a la perfección lo que quería decir, de modo que lo miró a los ojos y sonrió.

CAPÍTULO 17

La mejor conducta

—Así pues, el alumno ganador del Diploma a la Mejor Conducta este mes es... ¡Vaya! ¡Esto sí que no os lo vais a creer, queridos miembros de Bracket Wood!

Todos los congregados en el salón de actos alzaron la vista al cielo con gesto de infinita paciencia, ya que todos los meses era lo mismo.

—¡Sí! Ha habido un empate. Entre los mellizos de 6D: ¡¡Isla y Morris Fawcett!!

El señor Fawcett (el cual, si recordáis, no era otro que el director del colegio) acabó su discurso y comenzó aplaudir. Dicho aplauso fue, poco a poco, siendo secundado con desgana por el resto de los estudiantes que se hallaban en el lugar.

Mientras tanto, Isla y Morris se levantaron de sus asientos y subieron a la tarima del escenario, donde su padre —que jamás había admitido serlo ante el resto de la comunidad escolar— los esperaba, rebosante de orgullo, junto al atril.

—¡Enhorabuena, Isla! ¡Enhorabuena, Morris! —los felicitó.

—¡Gracias, señor Fawcett! —respondieron los dos a la vez, haciendo también como si no fuera su padre el que les entregaba el galardón, consistente en una gran estrella dorada.

—¡Es ya vuestro decimoquinto Diploma a la Mejor Conducta! ¡De verdad que no sé cómo lo conseguís!

—¡Tan solo es que nos encanta ser amables y educados con los demás, hacer siempre lo que podemos para que todo el mundo en el colegio se sienta bien! —contestó Isla.

—Y no meternos con nadie... —continuó Morris.

—Sí... —asintió su hermana un tanto molesta—. Con nadie. Eso es.

—¡Bien! —exclamó el señor director—. ¡Démosles una nueva ovación a Isla y a Morris!

Y, una vez más, comenzó a aplaudir. Y, una vez más, el resto de los presentes lo secundaron de forma muy poco convincente.

Aquella misma mañana, más tarde, a la hora del recreo, se organizó un gran partido de fútbol en el que participaron todos los niños de sexto, algunas de las niñas y también varios alumnos de quinto. Un partido de fútbol en el que se jugó «a cara de perro», una expresión un tanto anticuada pero que, en este caso, se ajustaba a la perfección a lo que ocurría en el terreno de juego: todo el mundo corriendo, pegando empujones, saltando, gritando e intentando marcar lo más rápido posible.

En aquel instante, Fred estaba corriendo por la banda derecha intentando alcanzar una pelota que había quedado muerta. Lo cierto es que él nunca había sido capaz de meter un gol, ni siquiera en las pachangas del patio; pero lo que sí sabía hacer bien era correr deprisa. De hecho, en aquella ocasión, todos los demás jugadores se habían quedado en el campo contrario, de modo que si conseguía llegar al balón y pegarle con todas sus fuerzas, esta sería, sin duda, su gran oportunidad para hacerlo por primera vez. Estaba seguro de ello.

Por lo menos lo estuvo hasta que, cuando le faltaba menos de un metro para llegar al esférico y ya había echado hacia atrás la pierna derecha para chutar, se cayó al suelo; mejor dicho, salió disparado hacia delante y se dio de bruces contra él.

—¡Ayyy!

—¡Vaya, vaya, vaya! —exclamó una voz detrás de él al mismo tiempo que una enorme nube de chavales le arrebataba el balón—. Deberías aprender a atarte los cordones, Stone...

Fred bajó la vista y miró sus zapatillas de deporte. Sin embargo, aquella vez las llevaba bien atadas, con el característico nudo triple de su hermana, el cual, evidentemente, de haber golpeado la pelota, habría supuesto un problema a la hora de precisar el disparo.

—Sí, Stone... —añadió otra voz más grave con un tono un pelín más titubeante.

Se levantó, se sacudió de encima un par de hojas secas que se le habían quedado pegadas y se dio media vuelta.

—Hola, Isla. Hola, Morris.

—Hola, Fred.

—No digas eso, Morris.

—¿Por qué no?

—Porque suena demasiado amistoso. «Hola, Fred» no transmite el mensaje adecuado, no es propio de un verdadero matón.

—Ah, vale, Isla. Lo siento.

—Me habéis puesto la zancadilla, ¿no?

—Sí —reconoció Morris.

Isla suspiró.

—Otra vez, Morris... No tienes que decir eso.

—Ah... ¿Y qué digo?

—¡Pues, no sé...! Di... —lo instruyó Isla poniendo la voz más grave, como si fuera un chico—... «Me da a mí que no, Stone» o «Sí, puede que estirara ligeramente la pierna, pero yo diría que te has tropezado tú solo».

—Ah, ya entiendo —contestó su hermano volviéndose de nuevo hacia Fred—. Me da a mí que no, Stone. Sí, es verdad que puede que...

—¡Ahora ya no, es demasiado tarde, Morris!

—¡Me parece que deberíais devolver esa estrella a la Mejor Conducta! —los interrumpió una voz.

En ese instante, apareció Ellie detrás de la portería con su mochila al hombro.

Morris e Isla fruncieron el ceño extrañados. Es cierto que, a lo largo del reciente altercado, Morris no había llegado a soltar en ningún momento el Diploma a la Mejor Conducta que compartía con su hermana. Incluso lo tenía cogido cuando sacó la pierna y la estiró para ponerle la zancadilla a Fred. No obstante, al escuchar la pregunta, parecía haberse olvidado por completo de que continuaba teniéndolo en la mano.

—¿Devolver? —dijo—. ¿A quién?

—No lo sé... —respondió Ellie—. ¡¿A alguien que sí se lo merezca?! ¡¿Alguien que sí sea amable con los demás?! Como, por ejemplo...

Entonces volvió la cabeza y echó durante unos segundos un vistazo por el patio del colegio en busca de la persona adecuada. Sus ojos acabaron por posarse en alguien (con mirada un poco de tipo duro) que estaba junto a los toboganes del área infantil. Alguien que parecía también observarla a ella; aunque lo más probable es que en realidad no fuera así, sino que se encontrara sin más prestando atención a otra cosa. Ellie no estaba segura de si pronunciar o no su nombre. A pesar de ello, acabó haciéndolo:

—Rashid..., supongo...

—¡UooooooUooooooUoooooo! —soltaron Isla y Morris al mismo tiempo.

—¿Podéis, por favor, dejar de hacer eso?

—Rashid y Ellie / Ellie y Rashid / Juntos estaban / Juntos para siempre... —se puso a cantar Morris—... / Dándose besiiiiiii...

De repente, hizo una larga pausa.

—...¡¡Tos!! —concluyeron a la vez los dos mellizos Fawcett.

—¡Sí, claro! ¡Como si eso fuera a suceder nunca! —exclamó Isla—. ¡Nunca! Y mucho menos a una chica que lleva gafas, aparatos de ortodoncia y que se viste como si aún estuviera en...

—¡Ya basta! —gritó Ellie, echándose a llorar llena de vergüenza—. ¡Deberíais devolvérselo al director!

¡A vuestro padre! ¡Diciéndole que no lo merecéis y pidiéndole que el próximo mes se lo dé a otra persona!

—Ya... —respondió Isla con su habitual tono insultante—. ¿Y quién va a obligarnos a hacerlo? ¿Tú o tu hermanito?

—Sí... ¿Quién? —añadió Morris.

A esas alturas, una pequeña multitud se había reunido alrededor de ellos. Incluso se había detenido el partido de fútbol, ya que cada vez más y más niños comenzaban a curiosear de forma nerviosa para ver qué pasaba allí. Hasta Stirling y Scarlet dejaron de hacer lo que estaban haciendo en ese momento (es decir, discutir sobre qué aplicación para móviles —cosa que ninguno de los dos tenía— era mejor para retocar imágenes) y echaron un vistazo.

—Pues, si tenemos que hacerlo, lo haremos... —dijo Fred.

Isla miró a su hermano; Morris miró a su hermana. Ambos menearon la cabeza y chasquearon la lengua. Un segundo después, ella hizo un gesto de asentimiento a su hermano y este se subió las solapas de la chaqueta y dio un paso al frente.

—Impresionante. ¿Cuánto tiempo os ha llevado ensayar todo eso, si se puede saber? —preguntó Ellie irónicamente.

—Una semana. Siempre me salía mal. Me subía primero las solapas y luego chasqueaba la lengua, en vez de al revés.

—¡¡Cállate, Morris!! —le gritó su hermana—. Esperad, ¿dónde está Fred?

Morris dejó de hablar y echó una ojeada alrededor.

—Sí. ¿Dónde está Fred?

—¡Aquí! —contestó una voz a sus espaldas.

Los dos mellizos Fawcett se volvieron y pusieron cara de extrañeza.

—¿Cómo has llegado hasta ahí...? —preguntó Isla.

Entonces, Fred y Ellie se miraron entre sí. Ella acababa de abrir su mochila y había sacado el Mando de su interior. Sin embargo, tenía una expresión inocente y distraída en la cara, como si el aparato se encontrara en su mano simplemente porque le gustara llevarlo en ella, de casualidad...

No obstante, lo cierto es que mostraba esa apariencia por estar pensando en otra cosa; más en concreto, en el *Street Fighter.* Justo en ese instante, movió el cursor de movimiento hacia arriba y presionó a la vez el botón plateado y el dorado.

CAPÍTULO 18

¡¡Te voy a matarrrrrrrrr!!

Fred pegó un salto en el aire. A Isla y a Morris los pilló por sorpresa. Aunque lo que de verdad no se esperaban —cosa que era harto evidente por la cara que pusieron o, más en concreto, por cómo se quedaron boquiabiertos al alzar la vista— es lo alto que saltó: más o menos unos dos o tres metros hacia arriba antes de empezar a descender.

Mientras llevaba a cabo su impresionante pirueta, Fred sacó la rodilla hacia delante doblando la pierna en forma de «V» y después dio una voltereta y aterrizó de nuevo delante de las narices de los mellizos, quedándose con el puño del brazo derecho extendido y el del izquierdo replegado hacia atrás en posición de combate.

Se hizo una pausa. Isla y Morris se miraron entre sí. Como es lógico, se habían quedado de piedra. Todo el mundo los estaba observando. Estaban en juego años de entrenamiento para convertirse en los mejores abusones del mundo. De modo que Morris se encogió de hombros y se dispuso a pegarle a Fred un puñetazo.

Los dos Fawcett eran bastante altos para la edad que tenían, lo cual les había sido de gran ayuda a la hora de ser quienes, desde primero, mandaran en el recreo. No obstante, en esta ocasión resultó ser un inconveniente, ya que los movimientos de Morris resultaron ser inesperadamente lentos y torpes; o por lo menos parecieron serlo si se comparaban con la rapidez de los de su pequeño rival.

Desesperado, intentó echarse encima de Fred, pero este se agachó en un abrir y cerrar de ojos, se puso de cuclillas y, antes siquiera de que su adversario tuviera tiempo de volver a levantar el brazo para golpearlo, comenzó a dibujar círculos con una pierna a ras de suelo a toda velocidad y lo barrió de un plumazo, haciéndolo desplomarse en el acto.

—¡Uff! —soltó Morris cuando su barbilla chocó contra el pavimento, el cual, por suerte, estaba hecho de ese material menos duro que tienen hoy en día la mayoría de los patios de colegio.

Fred se incorporó y se puso en guardia adoptando la misma posición que antes.

Al cabo de unos instantes, Morris se levantó frotándose la barbilla y miró a su contrincante con mucha cautela. Pasados unos segundos en los que no supo muy bien qué hacer, decidió imitar la postura de Fred; lo cual le costó lo suyo, ya que no acababa de entender cómo tenía que colocar los brazos y las piernas, y se decía a sí mismo: «No... Espera un momento... Esta es la izquierda... No, es esta... Vale... Ya lo tengo. Ah, no, no es así...». El caso es que, por fin, consiguió dar con la posición adecuada y los dos chicos se situaron frente a frente como si fueran un reflejo el uno del otro.

Acto seguido, Morris abandonó la pose marcial que tanto le había costado encontrar y salió corriendo en dirección a Fred al tiempo que movía los brazos como un loco por encima de su cabeza.

—¡¡TE VOY A MATARRRRRRRR!! —exclamó.

Fred se quitó de en medio raudo como una flecha e hizo que Morris se pasara de frenada y acabara estampándose contra la pared.

—¡Uff! —volvió a soltar antes de desplomarse otra vez.

En esta ocasión, se quedó tumbado un buen rato. Fred estaba preguntándose si aquello significaba que se había acabado la lucha cuando, de pronto, sintió un dolor agudo en el brazo. Entonces vio que Isla estaba retorciéndole la piel en direcciones opuestas con ambas manos, haciéndole la «fregona» de toda la vida.

Varios gritos y suspiros ahogados se oyeron procedentes de la multitud expectante que los rodeaba, ya que hasta aquel día Isla casi nunca se había visto envuelta de manera directa en ninguna pelea. Ella era el cerebro, el genio maligno, la villana psicópata pero brillante de las películas; y su hermano, su fiel secuaz, el que siempre se encargaba del trabajo sucio.

Sin embargo, en aquella ocasión, este último se encontraba fuera de combate, justo en la zona donde los más pequeños del cole hacen sus dibujos en el suelo, sin parar de lamentarse: «Arggghh...». Estaba claro, pues, que se trataba de una situación excepcional.

A Isla se le daba muy bien la «fregona», de forma que, las raras veces en las que ella misma se implicaba en una riña, eso era lo que siempre le gustaba hacerle a su enemigo. Lo veía como una especie de tortura, lenta y deliberada, casi como un arte solo al alcance de la mente brillante de un ser maligno. Lo que hacía era apretar con fuerza el brazo de la víctima entre sus manos y, a continuación, lo retorcía con una técnica especial con el objetivo de infligir la máxima cantidad de dolor posible.

A pesar de ello, agarrar este brazo en particular no resultó ser tan buena idea como creía. Sobre todo porque, nada más ver lo que pasaba, Ellie le dio al botón de esmeraldas y movió con rapidez el *joystick* en círculo, lo que hizo que su hermano alzara el brazo y comenzara a girarlo a la velocidad del rayo, igual que las aspas de un helicóptero.

La imagen resultante fue asombrosa de veras: Isla Fawcett dando vueltas en el aire por encima de la cabeza de Fred como si se hubiera convertido en una hélice, gritando sin parar y agarrándose con todas sus fuerzas para no salir despedida; cosa que era, a buen seguro, lo mejor que podía hacer, ya que, de haberse soltado, habría acabado en lo alto del tejado del colegio.

La nube de chicos y chicas, emocionada ante la perspectiva de que alguien como el pequeño Stone pudiera ganar una batalla así y deseosa, de hecho, de que eso precisamente fuera lo que sucediera, comenzó a animar y a jalear cada uno de los molinetes que hacía Isla.

No obstante, lo que pasó con exactitud fue que Morris se puso de pie, aún con un ligero aturdimiento a causa del porrazo que se acababa de dar, se encaró igual que antes con Fred para continuar la pelea y, justo en ese momento, las piernas voladoras de su hermana lo golpearon en la cara.

—¡Uff! —resopló una vez más al tiempo que, en esta ocasión, chocaba de cabeza contra el pavimento.

Por suerte para él, el daño no fue muy grande, ya que no era mucho lo que había de cerebro en su interior.

Mientras tanto, Ellie seguía afanada con el Mando. Entonces, el brazo de Fred dejó de rotar, bajó y puso de nuevo en tierra a Isla, la cual, mareada por completo, tardó medio segundo más o menos en comenzar a inclinarse poco a poco y acabar dándose de bruces contra el suelo. Su cuerpo quedó tendido junto al de su hermano.

La multitud empezó a vitorear con mayor efusividad todavía.

Un minuto después, los dos matones se incorporaron renqueantes apoyándose el uno en el otro y, a pesar de que era evidente que estaban muertos de miedo, Isla dijo:

—Oye, Morris, nosotros somos dos. Y ellos solo uno.

—Sí —contestó su hermano a la vez que se frotaba la coronilla—. Pues eso significa que, por lo menos, somos... tres más, ¿no?

—Por el amor de Dios... Lo que quiero decir es que tenemos que basar nuestra fuerza en el factor numérico. ¡Eso es lo que nos ha de dar la victoria! —afirmó Isla mientras observaba cómo Fred volvía a colocarse en guardia.

Esto último sí que pareció entenderlo Morris. Así pues, ambos volvieron a ponerse en modo matón (ceño fruncido, gesto intimidatorio, mirada penetrante, dientes apretados) y se lanzaron otra vez a la carga.

Ellie esperó hasta que ambos, cada uno por un lado, se hubieron lanzado puños en ristre hacia su hermano, y pasó a la acción...

Lo cual tuvo como consecuencia, en esta ocasión, que Fred se pusiera en cuclillas igual que antes, extendiera los brazos hacia delante, los detuviera en seco sujetando a los dos a la altura de la barriga con la palma de las manos y, al cabo de unos instantes, los levantara en el aire en posición horizontal. Por extraño que parezca, los mellizos Fawcett siguieron haciendo aspavientos con los brazos hasta llegar a parecer que estuvieran echando una carrera a nado. Solo que sin agua. Y en mitad del patio del colegio. Y con la ropa puesta.

—¿Qué está pasando? —chilló Morris.

—¡No lo sé, Morris! —gritó su hermana.

Aquellas fueron sus últimas palabras antes de que Fred comenzara, de forma literal, a hacer juegos malabares con ellos.

CAPÍTULO 19

Mi turno

—¡Guau!

—¡Guau!

—¡¡¡¡Guau, guau, guau, guau, guau!!!!

Fred y Ellie se encontraban de nuevo en la sala de juegos discutiendo los sucesos del día.

—¡¡¡¡Guauuuuuuuuuuuu!!!! —decía Fred.

—¡Gracias a Dios que volviste a bajarlos al suelo antes de que saliera el señor Fawcett!

—¡Sí! Lo vi de refilón entre Isla y Morris asomándose por la puerta del recreo. Por eso decidí en ese momento cogerlos y bajarlos.

El señor director, dicho sea de paso, se había quedado un tanto desconcertado al ver lo que estaba sucediendo. Por norma general, solía disimular bastante bien que Isla y Morris eran sus hijos. A pesar de ello, a veces se le escapaba un pequeño saludo con la mano, e incluso se dice que una vez lo habían visto lanzarle en secreto un beso a Morris; pero la mayor parte del tiempo le gustaba fingir que no eran sino dos alumnos normales y corrientes entre todos los de Bracket Wood. De modo que no supo muy bien qué hacer cuando, nada más salir al patio, vio a sus dos pequeños vástagos alejarse corriendo a toda mecha de un gran grupo de niños que rodeaban a Fred Stone, al que no paraban de ovacionar.[9]

Al final, lo único que hizo fue asentir con la cabeza tres veces para sí mismo y, acto seguido, volver a meterse en el edificio como si todo estuviera en orden. Posiblemente porque, de lo contrario, habría tenido que acercarse a Isla y a Morris y preguntarles si habían sufrido algún percance; y, entonces, lo más probable sería que, si habían sufrido algún percance, no hubiera podido evitar tener que darles un abrazo y consolarlos; y, entonces, lo más probable es que

---

9. Bueno, a toda mecha relativamente, ya que, después de que hubieran hecho malabares con ellos, lo que pasó en concreto fue que salieron corriendo nada más poner los pies en el suelo; a continuación, se cayeron mareados; luego, volvieron a levantarse; después, corrieron un poco más; más tarde, se cayeron otra vez; luego, se levantaron de nuevo, y así una y otra vez. Cosa que, por supuesto, hizo que todo fuera aún mucho más confuso de lo normal para el señor Fawcett.

hubiera acabado él también echándose a llorar. Y, por supuesto, eso habría echado por tierra todos los esfuerzos que había realizado hasta la fecha para demostrar aquello del «yo trato a mis hijos como a cualquier otro alumno».

—¡Esto es increíble! —exclamó Fred levantando el brazo y señalando la pulsera que llevaba puesta—. ¡Quiero probar con otro!

—Sí, ya, pero...

—¡El de fútbol!

—Sí, ya, pero...

—Porque si me puedes dirigir como si estuviera dentro del *Super Mario* y del *Street Fighter*, ¡está claro que también puedes dirigirme como si estuviera dentro del *FIFA*!

—Sí, ya, pero...

—¡Así seguro que me cogen en el equipo de fútbol del cole! ¡Ey! ¡Pero ¿qué digo...?! ¡En el equipo de fútbol del cole no, podría entrar en...!

—¡¡¡FRED!!! —gritó Ellie.

Su hermano dejó de hablar de golpe. A continuación, ella le pasó la mano por delante de los ojos para ver si reaccionaba y conseguía que la escuchara.

—¿Qué? —dijo por fin Fred.

—¿Y yo qué?

El chico puso cara de no entender nada.

—¿Qué pasa contigo?

—¿Cuándo se supone que es mi turno?

—¿Tu turno de qué?

Ellie observó a su hermano como si este se hubiera vuelto tonto de repente, como si fuera tan obvio lo que quería decir que no hiciera falta explicarse más.

—¡De que me dirijan a mí! ¡De ser yo la que se vuelva... —soltó ella antes de ponerse a pensar en una palabra que no fuera demasiado cursi ni demasiado infantil—... mágica!

—Ah..., pero...

—Pero ¿qué?

—Bueno..., pues que tú eres a la que se le dan bien los videojuegos, la que domina mejor que nadie el Mando.

Ellie abrió la boca para decir algo, aunque rápidamente la cerró de nuevo. Sabía que lo que acababa de afirmar su hermano era verdad.

—Pero no me importa... —continuó Fred—. Si quieres, puedo intentarlo. ¿Dentro de qué juego te gustaría estar?

Durante unos instantes permaneció callada. ¿Dentro de qué juego le gustaría estar?

En ese momento, alguien llamó a la puerta y, un segundo más tarde, Eric entró en la habitación. Bueno, en realidad no llegó a entrar, ya que la puerta de la sala de juegos chocaba siempre con la alfombra y no se abría bien del todo. Esto significa que, mientras sí que había espacio para que pasaran Ellie y Fred sin problema, su padre, en cambio, tenía que apretarse al máximo para poder acceder al interior. Eso mismo fue lo que intentaba hacer en aquella ocasión; sin embargo, su cuerpo se quedó atascado a la mitad.

—AY, DIOS... —exclamó—. ¡JANINE! ¡¿JANINE?! ¿ME PUEDES EMPUJAR?

—¿QUÉ?

—¡QUE ME EMPUJES! ¡ME HE QUEDADO ATRANCADO EN EL HUECO DE LA PUERTA!

—¡EMPÚJATE TÚ SOLO!

—¿QUE ME EMPUJE YO SOLO? ¿Y ESO QUÉ SE SUPONE QUE QUIERE DECIR?

—Papá... —dijo Fred—. ¿Qué pasa?

Eric suspiró y, con considerable incomodidad, logró meter el brazo derecho entre el costado de su cuerpo y el lateral de la puerta. Llevaba un sobre en la mano que agitaba de un lado a otro.

—Alguien ha pasado esto por debajo de la puerta. Es para ti.

Fred lo cogió de manos de su padre.

—Por cierto, vosotros dos... —continuó Eric—. ¿Habéis hecho ya la lista de regalos para Papá Noel?

—No te preocupes, papá, la haremos —respondió Ellie sin apenas mirarlo y poniendo toda su atención en el envío que acababan de recibir.

—Bueno, vale, pero será mejor que os pongáis a ello lo antes posible... —replicó su padre—. Los adornos navideños esos de ahí al lado no dejan de recordármelo... Por lo menos, algo bueno tienen...

Al no obtener respuesta alguna a aquello último que había dicho, Eric hizo nuevos esfuerzos y volvió a desencajarse hacia atrás emitiendo un sonoro ¡plop!

Mientras tanto, Fred había abierto el sobre.

—¿Qué es? —preguntó Ellie.

—Es una invitación de cumpleaños. El de Rashid. Dentro de dos semanas.

—Ah, ya... —respondió ella a la vez que bajaba la vista al suelo—. ¿Y vas a ir?

—¡Sí! ¡No sabía que yo le cayera tan bien! ¡Es un tío guay!

—Sí —dijo su hermana, aún con la cabeza baja.

—Anda, mira, ha escrito algo en la parte de atrás... «Oye, Fred, lo de hoy en el patio ha sido increíble. Espero que puedas venir.»

—Ah... —soltó Ellie, mirando aún al suelo.

—«Y vente con Ellie.» —Añadió.

—¿En serio?

A continuación, ella levantó la cabeza por fin y comenzó a escudriñar ansiosa la invitación.

—Bueno, lo más seguro es que solo me haya invitado por educación...

Enseguida, una nube de tristeza reapareció en su rostro.

Fred reflexionó al respecto unos segundos. Desde luego, Rashid era un chico muy educado. Sin embargo, no acababa de entender qué tenía de malo para que su hermana torciera el gesto de ese modo.

—La verdad es que creo que no me apetece ir —dijo entonces ella.

Aquello desconcertó un poco más a Fred.

—¿Por qué no?

Ellie suspiró con resignación.

—No creo que sea una fiesta en la que encaje... alguien con gafas, aparatos en los dientes, trencitas y que se viste como si estuviera aún en primero.

Su hermano frunció el ceño.

—¿Por qué repites lo que siempre dice Isla de ti cuando se pone idiota?

—No lo sé —respondió ella hundiéndose por momentos en una melancolía todavía más profunda—. Puede que sea porque tiene razón.

Fred no conseguía comprender del todo qué era lo que tanto le dolía a su Ellie. Igual que tampoco comprendía por qué decía que no quería ir al cumpleaños de Rashid, cuando él sabía muy bien que, en el fondo, le encantaría hacerlo. Aunque no dudaba de que tenía que ver con cómo Isla hacía sentir a su hermana con el tema de su aspecto físico. Entonces se le ocurrió una idea.

—Ellie —dijo—. Ponte la pulsera.

CAPÍTULO 20

Ellie versión Premium

—¿De verdad crees que esto va a funcionar? —preguntó.

Estaba frente al espejo de la sala de juegos, con Fred a su lado sujetando el Mando.

—No lo sé —contestó él.

—¿Me va a doler?

Su hermano hizo una pausa antes de contestar.

—No. No lo creo. Por lo menos a mí no me dolieron ninguno de los saltos y patadas que me hiciste dar.

—Vale. Venga, adelante.

—¿Por dónde quieres que empiece? ¿Y a quién quieres parecerte?

Ellie se quedó pensativa unos instantes.

—No lo sé. Supongo que... ¿Cómo salen las chicas en los videojuegos?

Fred meditó brevemente al respecto.

—Lo mismo que en los dibujos animados, en las pelis y todo eso. Las guapas siempre son iguales. ¿Quieres que te ponga como a una de ellas?

Ella se encogió de hombros un tanto inquieta sin saber muy bien qué responder.

—Pues probemos, a ver qué tal... ¿Sería algo así como...?

Su hermano asintió con la cabeza y bajó la vista hacia el Mando. No estaba muy seguro de qué botón pulsar, de modo que se decidió, un poco al azar, por mantener apretado un par de segundos el de color ámbar.

De repente, la cara de Ellie se puso roja como un tomate y sus mejillas se agrandaron como las de un hámster.

—Vaya... Lo siento —dijo él apretando en el acto el de rubíes y moviendo el *joystick* hacia un lado.

Entonces, una larga barba blanca comenzó a brotar del rostro de su hermana, al tiempo que sus pies se hinchaban y se veían recubiertos por unos grandes zapatos de payaso de circo.

—Vale, me parece que lo mejor será que nos olvidemos de esto... —empezó a decir ella con un tono bastante más grave y sombrío del que usaba de manera habitual.

—No, espera un minuto. Déjame intentarlo una vez más.

Acto seguido, Fred concentró su atención en el Mando y se acordó de lo que su hermana había dicho el otro día, cuando comprendió al final cómo funcionaba aquel nuevo artilugio que les acababan de enviar, que había pensado sin más en el *Super Mario* y que, de pronto, él había empezado a saltar por los aires. Así pues, apretó dos botones (en esta ocasión, el plateado y el de diamantes de forma conjunta) y, al mismo tiempo, intentó concentrase en todas las imágenes de chicas protagonistas de videojuegos, películas y dibujos animados que retenía en su memoria.

Pensó en la Princesa Peach,[10] en Amy Rose,[11] en Misty,[12] en la Princesa Fiona,[13] en Sam Chispas,[14] en Alegría,[15] en Elsa,[16] en Rapunzel,[17] en Mulan, en Ariel, en la Bella Durmiente, así hasta acabar en... Blancanieves.

---

10. Del *Super Mario*.
11. Del *Sonic*.
12. Del *Pokémon*.
13. De *Shrek*. Cuando no es verde...
14. De *Lluvia de albóndigas*.
15. De *Del revés*.
16. De *Frozen*. Aunque esta seguro que ya os la sabíais...
17. Vale, ya paro.

Súbitamente, el aparato dental y las gafas de Ellie desaparecieron.

—¡Oh, Dios mío! —exclamó ella.

—¿Puedes ver bien? —preguntó Fred.

—¡Sí! Sigue...

A continuación, presionó el botón de esmeraldas. ¡De pronto, los ojos de su hermana se fueron haciendo más y más grandes! ¡Enormes! ¡Parecía que le ocupaban toda la cara! Aunque no pasaba nada, ya que la nariz se le había hecho más pequeña y había dejado espacio suficiente para que cupieran.

—¿Te gusta? —dijo Fred.

Ella miró absorta su reflejo en el espejo.

—Me parece que, si cierras la boca, podrás ver mejor qué tal te sientan estos cambios... —añadió él.

Ellie siguió el consejo de su hermano y, después, volvió a contemplar su imagen en el espejo.

—¿Me has hecho los labios más grandes? —preguntó.

—Sí. Y te los he puesto más rojos. Y en forma de corazón.

—Vale —replicó ella—. Qué raro...

—Pero ¿te gustan o no?

Su hermana hizo tan solo un leve ademán con la barbilla.

—Supongo...

Fred interpretó dicha respuesta como afirmativa y continuó dándole a los botones del Mando.

Al cabo de unos instantes, comenzó a cambiarle a Ellie no solo la cara, sino toda su complexión física: su cintura se contrajo, su cuello se estiró haciéndole ganar, a la vez, unos centímetros de altura y sus hombros se ensancharon otorgando a la mitad superior de su cuerpo la apariencia de un triángulo invertido.

Los dos mellizos se miraron entre ellos con gesto de asombro.

—¿Y qué pasa con mis...? —dijo ella señalándose la parte de atrás de la cabeza.

—¡Estoy en ello! —respondió Fred mientras sus pulgares seguían trabajando.

Acto seguido, las trencitas de su hermana desaparecieron y su pelo... Bueno, su pelo no es solo que le creciera, sino que comenzó a surgirle a oleadas del cráneo como si fuera un volcán en erupción.

—¡Oh! ¡Madre mía! —exclamó Ellie a medida que empezaba a caerle por encima de los hombros aquel cabello lustroso, brillante, vigoroso y todas esas cosas que la gente dice del pelo en las revistas de su madre.

No podía creerse que esa, la del espejo, fuera ella. De hecho, apenas le daba tiempo de apreciar bien todas las transformaciones que, una detrás de otra, venían produciéndose en ella a la velocidad del rayo. Ahora era el turno del uniforme del colegio, el cual, de manera instantánea, comenzó a autoconfeccionarse y a ajustarse a su nueva figura al tiempo que no paraba de cambiar de color. ¡Rojo! ¡Negro! ¡Dorado!

—¡¿Qué está haciendo?! —preguntó ella.

—¡Ofreciéndonos sugerencias, me parece! —contestó él—. ¿De qué color lo quieres?

—Pues... ¡No sé...!

Fred acabó decidiéndose por el negro y el dorado, un poco como los colores en los que suelen envolverse las chocolatinas cursis. A medida que iba configurándolo, el uniforme de su hermana fue rápidamente dejando de parecer un uniforme escolar y convirtiéndose en un precioso vestido de fiesta.

En ese momento, él dejó de apretar botones y Ellie observó su imagen, renovada en su totalidad, en el espejo. A continuación, negó con la cabeza sin poder dar crédito a lo que veían sus ojos.

—¿Qué te parece? —preguntó Fred.

—Es increíble —dijo ella—. Aunque... ya no parezco yo misma, ¿no?

Él desvió la mirada hacia el reflejo y lo meditó durante un par de segundos.

—Sí —respondió por fin—. Pareces Ellie, pero... en una versión mejorada. Ellie 2.0. Ellie versión Premium.

Ellie pilló muy bien lo que quería decir su hermano y le sonó genial. La verdad es que Fred solía siempre expresarse de aquella manera: usando el lenguaje de los videojuegos.

—¿Y qué pasará cuando me vean papá y mamá...? —dudó ella—. ¿Qué les voy a responder cuando me pregunten qué me ha pasado? ¿Y de dónde he sacado esta ropa? ¿Y...?

—¡Señor! ¡Estáis aquí!

Los dos mellizos se dieron la vuelta al mismo tiempo. Su madre estaba de brazos cruzados a la entrada de la sala de juegos, observándolos de modo penetrante a ambos.

CAPÍTULO 21

Eres mi estilista particular

—¿Qué habéis estado haciendo los dos aquí metidos? —preguntó Janine desde el hueco de la puerta al tiempo que miraba el Mando en las manos de Fred—. Ah, ya, no me lo digáis... Jugando a la consola. Lo sabía. ¡Estáis enganchados! ¡Completamente enganchados! Me he perdido casi cuatro minutos de *Un tesoro en tu casa* buscándoos.

Fred y Ellie se miraron entre sí dejando entrever una sonrisita en sus rostros. Ellos eran, como es lógico, mucho más jóvenes que su madre y, sin embargo, la ironía de lo que esta acababa de decir era algo que solo se le podía escapar a Janine Stone.

—¡Encima es el episodio especial de Navidad,

con estrellas invitadas! ¡Con Victoria Beckham! ¿Verdad, Eric?

—Así es, Janine —respondió su marido apareciendo detrás del hombro de su esposa.

—Bueno —continuó ella—, el té ya está listo.

—¿Lo acompañamos con bocadillos de beicon? —preguntó Eric.

—Por supuesto que no. Eso es solo para desayunar. Además, el té es para ellos, no para ti.

—Ah, vale.

Los dos adultos se dieron la vuelta. Fred miró a Ellie. Ellie miró a Fred. A continuación, ambos negaron al mismo tiempo con la cabeza. No se lo podían creer.

—Un momento —añadió Janine asomando de nuevo de manera repentina por la puerta con una mirada de sospecha en la cara—. ¡Ellie!

—Eh... ¿Sí, mamá?

—Mírame.

Ella miró a su madre con sus resplandecientes ojos nuevos, haciendo como si su recién estrenada versión Premium no tuviera la más mínima importancia.

—Ellie Stone, dime la verdad...

—Sí, mamá.

—¿Te has... acordado de ponerle comida a *Margaret Arañatcher*?

Ellie frunció el ceño extrañada. Fred frunció el ceño extrañado.

—Pues... no... —respondió.

—¡Lo sabía! —exclamó Janine—. ¡Me prometiste que le darías de comer esta tarde, pero lo único que has hecho ha sido holgazanear por ahí todo el rato! Bueno, no pasa nada... Ya veo que te sientes culpable por no haberlo hecho. ¡Se te nota en los ojos!

—¡No se te escapa una, ¿eh, Janine?! —se oyó decir a Eric desde el cuarto de estar.

—¡Y que lo digas, Eric! —replicó ella mientras se daba la vuelta de modo triunfal y salía de la habitación.

Ellie y Fred volvieron a mirarse al mismo tiempo. Acto seguido, los dos se encogieron de hombros.

—Oye —dijo él—, me parece que, aunque mamá y papá no se hayan dado cuenta del cambio, lo mejor es que vuelva a dejarte con tu aspecto normal. Por ahora. Luego, si quieres, ¡te vuelvo a modificar y te pongo igual otra vez para la fiesta!

—Perfecto —respondió ella—. Bien pensado. Pero... espera un segundo.

—¿Qué?

—Los zapatos no has llegado a cambiármelos.

—Sí que lo he hecho.

—No me refiero a esos zapatones de payaso.

Quiero decir que no me has puesto unos zapatos como Dios manda. Unos que vayan a juego... —dijo señalándose de arriba a abajo—... con esto.

—Ah, vale. ¿De qué tipo los quieres?

—¿De tacón alto?

—¿En serio? ¿Has llevado alguna vez en tu vida zapatos de tacón alto?

—No. Bueno, una vez me probé unos de mamá.

—Ah, sí... Y te caíste.

—Humm... Está bien. Lo que tú digas. Lo dejo en tus manos. Tú eres mi estilista particular.

Fred sonrió encantado con el nombramiento que acababan de otorgarle. A continuación, pulsó el botón plateado tres veces y se concentró en el tipo de calzado que más le convenía a su hermana: unos zapatos de cuento de hadas.

Ellie bajó la vista. Las zapatillas de deporte normales y corrientes que siempre llevaba habían desaparecido. En su lugar, encajadas a la perfección en sus pies, unas relucientes bailarinas reflejaban la luz que entraba por la ventana. Entonces se volvió con gesto de emocionado agradecimiento hacia su hermano.

—Sí, Ellicienta... —dijo este con una sonrisa en la cara—. ¡¡Irás a la fiesta de cumpleaños del príncipe Rashid!!

PARTE 2
ACTUALIZACIÓN

CAPÍTULO 22

El jugador que más ha mejorado de golpe

—¡Eso ha sido increíble!

—¡No solo increíble! ¡Ha sido alucinante!

—¡El mejor gol que he visto en mi vida fuera de la Premier League y la Copa del Mundo!

—¿Cuál? ¿El segundo? ¿O el tercero?

—¡Yo diría que el cuarto ha sido el mejor!

—¡Sí, la verdad es que cuando se ha puesto la pelota encima de la nuca y se la ha pasado por encima de la cabeza justo antes de empalmarla de volea ha sido impresionante! ¡Ese ha sido el mejor sin duda!

Fred dejó escapar una sonrisa pícara al oír los comentarios que hacían los otros diez chicos del primer equipo del Bracket Wood mientras lo llevaban en hombros por todo el campo. Asimismo, procedentes de la línea de banda, oyó los aplausos y las ovaciones de todos los demás asistentes; es decir, de todo el colegio.

—¡No me puedo creer que por fin le hayamos ganado al Geary Road!

—¡Siete a cero!

—¡Ellos nunca nos han ganado de tanto! ¡Jamás!

—Bueno, nos metieron ocho a cero el año pasado...

—No es lo mismo...

—¡Lo que significa que estamos en la final!

—¡Sí! ¡El Bracket Wood en la final del Torneo de Invierno Interescolar de Bracket Wood y Alrededores!

—¡Sí! ¡Y todo gracias a Fred!

—¡Oh, no! —respondió él moviendo la cabeza de un lado a otro con modestia de forma:

a) muy poco convincente; y
b) que el chico que tenía debajo —que se llamaba Prajit y, a pesar de ser el portero, no era precisamente el jugador más alto del equipo— comenzara por momentos a tambalearse de manera peligrosa.

—El fútbol es un deporte de equipo.

—Desde luego que *es* un deporte de equipo —dijo el señor Barrington apareciendo de pronto delante de él (más en concreto, a la altura de sus ojos, ya que Fred se hallaba, como hemos dicho, subido a hombros de Prajit).

De hecho, vistos al mismo nivel, así tan de cerca, a través de la enorme montura de sus gafas, los ojos del entrenador parecían gigantescos. «Quedarse mirándolo», pensó, «es como echar un duelo con un pez a ver quién tarda más en pestañear».

—Pero no cabe la más mínima duda de que tu actuación individual ha sido fundamental. Es más, yo diría que es la mejor que he visto en mi vida. Sabía que no me equivocaba al ponerte de titular, aunque fuera un partido tan importante como este: una semifinal.

»"Se le ha aparecido la Virgen. No lo repite ni de casualidad", me comentó alguien después de la prueba que hiciste para nosotros. Otros me dijeron: "No lo entiendo. Siempre ha sido malísimo". Pero yo les respondí: "¡No! Es un futbolista joven, lleno de clase y de talento, que podría marcar la diferencia en nuestro equipo". Y por eso decidí ponerte de...

—¿Señor Barrington?

—¿Sí, Fred?

—No, yo no he dicho nada. Ha sido Prajit.

El señor Barrington bajó la vista.

—Ah, sí, Prajit. ¿Qué pasa?

—Perdone que lo interrumpa, pero es que estoy a punto de caerme...

—Vale, Prajit, ya casi he terminado. Seguro que puedes aguantar a tu compañero un par de minutillos más...

—Eh... bueno...

El señor Barrington volvió a levantar la mirada.

—Lo que yo quería decir, Fred, es que eres, sin ninguna duda, el jugador que más ha mejorado de repente que haya visto en mi vida. ¿Cómo demonios lo has conseguido?

El resto de los compañeros del equipo prestaron atención a su respuesta. No obstante, Fred dirigió su atención hacia otro lugar, a la multitud de chicos y chicas que agitaban sus bufandas con los colores de Bracket Wood. Más concretamente, hacia el sitio exacto en el que se hallaba su hermana. Allí estaba ella, observándolo con el brazo derecho levantado y el pulgar alzado, y aún con el Mando en la otra mano. De hecho, nada más darse cuenta de que él la buscaba entre el público, alzó también el otro brazo y, mostrándole el aparato desde la distancia, continuó festejando la hazaña de su hermano.

—Pues...

—Habla más alto —dijo el señor Barrington—. Me parece que a todo el colegio le gustaría compartir con nosotros tu respuesta, a todo el colegio le gustaría saber con exactitud qué es lo que has hecho para que, en un abrir y cerrar de ojos, te hayas convertido en tan gran jugador. Me gustaría que hablaras un poco más alto y nos contaras con exactitud cómo lo has logrado.

CAPÍTULO 23

Flashback

Bueno, antes de que conozcamos cuál fue la respuesta de Fred, es necesario que sepáis que había transcurrido algo de tiempo. Las luces navideñas de los White habían dejado de estar ya fuera de lugar; Eric había tomado la inusual decisión de poner él también sus propios adornos luminosos de Navidad en el exterior del piso de los Stone;[18] *Margaret Arañatcher* se había vuelto bastante más peluda conforme había ido haciendo cada vez más frío; y Fred y Ellie no habían dejado de usar constantemente su nuevo Mando.

18. Aunque solo en la parte baja de la entrada, ya que, cuando intentó colgarlas más arriba, la escalera a la que se había subido se rompió.

Incluso lo habían utilizado para hacer sus tareas domésticas: es asombroso lo rápido que uno puede recoger su habitación cuando, con un par de sencillos movimientos del *joystick*, es capaz de propulsarse desde el suelo al armario y viceversa. Además, Ellie había descubierto que, si presionaba juntos el botón de ámbar y el de diamantes mientras Fred señalaba con el dedo hacia un montón de ropa desordenada, esta se doblaba sola y quedaba plegada y colocada a la perfección. Asimismo, les había servido para convertir los aburridos ratos en el coche en algo mucho más emocionante, sin que en ningún momento ni Eric ni Janine se dieran cuenta de que sus hijos se encontraban dando volteretas en el techo del automóvil en marcha. Hasta lo habían empleado para darle un poco de vidilla a lo del «truco o trato» característico de Halloween (es increíble el susto que se pega la gente —y en consecuencia, la cantidad de caramelos y chucherías que te dan— al ver a un chico de once años con un disfraz barato de esqueleto que, de repente, comienza a dar saltos y a trepar por la fachada de las casas).

Y, por supuesto, lo habían usado en las pruebas para entrar en el equipo de fútbol del colegio que se habían hecho en noviembre. Muchos de los chicos —al igual que el señor Barrington— pusieron cara de fastidio cuando vieron a Fred aproximarse, equipado de los pies a la cabeza, con una sonrisa de oreja a oreja. Comenzaron a murmurar expresiones del tipo: «Otra vez no», «Que alguien se vaya preparando para atarle los cordones» y «Oh, no, ha venido con él la friki de su hermana...».

Sin embargo, al cabo de un par de toques sin dejar caer el balón, dos pases de tacón, tres bicicletas, cuatro regates y cinco goles, se puede decir que dichos murmullos cesaron por completo. De hecho, se convirtieron en aplausos y ovaciones de distinto tipo, así como en un puesto titular en el once inicial del equipo del colegio para la inminente semifinal contra Geary Road.

Bien, ahora volvamos con Fred y con lo que le respondió al señor Barrington cuando este le pidió que alzara la voz de forma que todos los allí presentes supieran con exactitud cómo había logrado tamaña hazaña.

CAPÍTULO 24

Ha llegado mi hora

Por unos segundos, Fred pensó que el señor Barrington lo había descubierto, que, de alguna forma, debía de haberse enterado de que todo había sido un engaño, ya que su tono de voz era ligeramente sarcástico, igual que el que ponen siempre los profesores cuando saben que has hecho algo malo (como, por ejemplo, cuando después de haberte pillado hablando en clase, el maestro de turno te invita con ironía a que te levantes y le cuentes al resto de tus compañeros qué es eso tan importante que no podías evitar callarte).

No obstante, Fred se fijó en la expresión benévola —como comentábamos antes, muy parecida a la de un pez— de los ojos del entrenador y se dio cuenta de que el señor Barrington no estaba siendo sarcástico, sino que creía de manera sincera que había sido impresionante lo bien que había jugado Fred y quería, con la mejor de las intenciones, que le contara al resto de la clase cómo lo había hecho.

De modo que él asintió, miró a Ellie (la cual seguía con los dos brazos en alto dedicándole una sonrisa llena de alegría y felicidad) y, acto seguido, respiró hondo y, asegurándose de que todos podían oírlo bien, dijo en voz alta:

—Si le soy sincero, ni yo mismo lo tengo muy claro, señor Barrington. Supongo que es, sin más, una cuestión de talento, de un talento especial con el que nací.

Sus palabras fueron seguidas de forma inmediata por una pequeña oleada de aplausos.

—Aunque es cierto que, a pesar del talento, hace falta también trabajar duro para hacerlo posible.

Entonces, vio como el señor Barrington asentía con la cabeza y oyó asimismo como algunas personas entre el gentío decían: «Sí... Muy sabio eso que acaba de decir».

—De todas formas —continuó él—, si he de ser sincero conmigo mismo, tengo que admitir que hasta hace poco la verdad es que no había trabajado lo suficiente para conseguirlo. Pero luego sí, y con sangre, sudor y lágrimas me puse a ello y comencé a entrenar a tope. Y he de reconocer que el esfuerzo mereció la pena, porque ahora sí que...

Los aplausos fueron, poco a poco, haciéndose más y más fuertes al son de su discurso.

—...¡¡Ha llegado mi hora!! —exclamó alzando el puño al aire.

Una completa y rotunda ovación surgió de la multitud. El señor Barrington aplaudía, los compañeros de equipo aplaudían, incluso los rivales derrotados del Geary Road aplaudían.

La única persona que no lo hacía —y que, de hecho, se marchaba en ese preciso instante con gesto alicaído— era Ellie. Fred observó cómo se alejaba entre la gente y quiso gritar su nombre, explicarle que el único motivo por el que había dicho todo aquello era porque no sabía qué otra cosa decir, porque se había dejado llevar por la emoción del momento; quiso también pedirle disculpas, pero no era nada fácil hacerlo. Sobre todo, por las siguientes razones:

a) ella ya estaba bastante lejos.
b) todo el mundo estaba gritando y coreando su nombre («¡Fred! ¡Fred! ¡Fred!») y, a pesar de que lo hubiera hecho, habría sido imposible que ella distinguiera la voz de su hermano; y

c) nada más abrir la boca para llamarla y pedirle que se detuviera, las piernas de Prajit acabaron por ceder ante su peso y Fred se vino abajo de cabeza golpeando al señor Barrington y haciendo que sus gafas de cristales gruesos como la pata de un rinoceronte cayeran en el barro.

CAPÍTULO 25

Plátanos, Morris, plátanos...

A decir verdad, su hermana no fue la única que no se puso a aplaudir. Hubo otras dos personas que tampoco lo hicieron y que, de hecho, salieron detrás de Ellie cuando esta se marchaba.

—¡Stone! —exclamó una voz a su espalda.

Ella se volvió, apesadumbrada.

—Isla... —dijo—. Ahora no.

—Oh, vaya, lo siento... —respondió Isla Fawcett.

—Sí, lo siento, Ellie... —añadió Morris al tiempo que apartaba rápidamente la vista de ella y empezaba a darse media vuelta para dejarla en paz.

—¿Adónde vas, Morris? —preguntó Isla.

—Pues... voy otra vez al campo... Has dicho que lo

sentías, así que he pensado que la íbamos a dejar tranquila...

—Lo decía de manera irónica —afirmó Ellie.

—¿Ah, sí? —soltó él mirando a su hermana un tanto confuso.

—Sí —asintió Isla después de suspirar y negar con la cabeza—. En fin... Oye, Ellie, qué raro que te vayas así..., ¿no? ¿Es que no te lo pasas bien presenciando el momento de gloria de tu hermano...?

—No me interesan tus estúpidas preguntas, Isla —contestó ella.

—¿Sabes otra cosa muy curiosa de la que me he dado cuenta? Pues que últimamente siempre llevas en la mano el mando ese...

Ellie tragó saliva.

—¿Sí? ¿Siempre lo llevo en la mano?

—Sí, me he fijado en que no has parado de jugar con él durante todo el partido... Y también me fijé el otro día que lo llevabas y que no paraste de jugar con él durante aquel... incidente en el patio.

—¿Incidente...? ¡Ah! ¿Te refieres a la paliza que os dio mi hermano a los dos cuando os peleasteis?

—Humm... Yo no lo recuerdo así...

—Yo sí que lo recuerdo así —repuso Morris.

—Cállate.

—Me extraña bastante que pudieras fijarte en

nada, y mucho menos en lo que yo hacía, con las vueltas que te estaban dando en el aire... —contestó Ellie.

—Sí, sí... Bla, bla, bla...

—Sí, sí. Bla, bla, bla... —añadió Morris juntando y separando los dedos de las manos como queriendo imitar el gesto que se le hace a una persona que habla demasiado (digo «queriendo imitar» porque, en realidad, lo que parecía era más bien un par de muñones moviéndose con torpeza)—. Un segundo... Espera, no se hacía así, ¿verdad?

—Da igual. Déjalo —lo interrumpió su hermana.

—¿Sabes qué? —dijo Ellie.

Sin embargo, no pudo continuar, ya que Morris, quien a pesar de ser lento pensando era veloz para otras cosas, se echó encima de ella y le quitó el Mando.

—¡Eh! ¡Devuélvemelo!

Isla sonrió con superioridad y estiró la mano. Su hermano le entregó el aparato.

—¡¡He dicho que me lo devuelvas!! —exclamó Ellie intentando cogerlo.

No obstante, Morris ya se había interpuesto entre las dos chicas.

—Interesante... —comentó Isla mientras examinaba el objeto por delante y por detrás—. Es muy bonito, ¿no?

—¡Devuélvemelo!

La pequeña Fawcett esbozó de nuevo una sonrisa maliciosa.

—Está claro que te importa mucho no tenerlo entre las manos, ¿no? ¿Qué será lo que lo hace tan especial...?

—¡Nada! —chilló Ellie—. ¡Suéltalo!

—¿Tendrá a lo mejor que ver con el *joystick*...? —preguntó Isla al tiempo que comenzaba a moverlo en círculo muy despacio—. ¿O tal vez es este botón dorado de aquí...?

A doscientos metros de distancia, en el campo de fútbol, el señor Barrington iba gateando a ciegas sobre el fango en busca de sus gafas mientras el resto de los jugadores presenciaba la escena y Fred le decía: «Lo siento mucho, señor Barrington». Nada más girar Isla el *joystick* y pulsar el botón dorado, Fred comenzó a dar vueltas a toda velocidad, echó hacia atrás la pierna izquierda y, acto seguido, de una manera elegante y poderosa, le pegó una patada a las gafas del entrenador haciéndolas volar hasta el extremo opuesto del terreno de juego; de hecho, más concretamente, hasta la escuadra de la portería del Geary Road; gol, por supuesto, que subió al marcador.

—¡Para! ¡Deja de hacer eso! —exclamó Ellie.

—¿Por qué...? ¿Qué es lo que pasa...? —la ignoró Isla dándole al botón de rubíes sin parar.

—¡¡¡Fred!!! —le gritó el señor Barrington a Prajit (el cual se hallaba todavía poniéndose en pie) creyendo que era el pequeño de los Stone.

—¡Lo siento mucho, señor Barrington! ¡De verdad que lo siento! —se disculpó Fred.

—¿Que lo sientes? —replicó el entrenador, esta vez dirigiéndose a él, aunque solo fuera guiándose por el sonido de su voz.

No obstante, Fred seguía saltando por los aires, arriba y abajo, sin tener mucha pinta de sentirlo tanto como decía, sino más bien de estar celebrándolo por todo lo alto.

—¡Sí! ¡Créame! ¡Lo siento de veras! —volvió a decir justo antes de elevarse de nuevo en un altísimo brinco.

—¡Pues... VE A POR ELLAS Y TRÁEMELAS! —exclamó el señor Barrington.

—¡Voy! —contestó él en el preciso instante en que Isla movió el *joystick* hacia la izquierda.

De repente, en lugar de correr hacia donde estaban las gafas, salió disparado en dirección contraria;

cosa que, de alguna manera, no dejaba de tener cierto sentido, ya que era allí hacia donde apuntaba de forma errónea el dedo del entrenador.

—Humm... —soltó Isla, pensativa—. Tiene algo que ver contigo y con tu hermano mellizo... Y con el modo en que, de la noche a la mañana, se le da bien hacer cualquier cosa... No consigo adivinar qué puede ser...

A continuación observó a Ellie, la cual se encogió de hombros. Luego

miró a Morris, que también se encogió de hombros, a pesar de que, en su caso, dicho gesto no tenía por qué significar nada especial, ya que eso era algo que él siempre hacía, incluso si le preguntaban qué comen los monos.

Entonces, tiró el Mando al suelo y añadió:

—Pero acabaré haciéndolo.

Y se alejó.

CAPÍTULO 26

Una especie de media sonrisa mirando con timidez al suelo

En cuanto Isla arrojó el Mando, Fred dejó automáticamente de correr en dirección opuesta al sitio donde estaban las gafas del señor Barrington, se dio la vuelta y salió despavorido hacia los vestuarios al tiempo que negaba con la cabeza sin entender nada, como diciendo: «¡¡Pero ¿a qué demonios ha venido todo eso?!!».

Junto a la banda, había un señor, un hombre de unos treinta años, vestido con un elegante abrigo negro, que sonreía de manera amable y curiosa.

—Hola —dijo con un ligero acento extranjero—. Acabo de verte jugar.

—Ah... —contestó Fred.

—Eres bueno.

—Ah... Gracias.

—Muy bueno, diría yo.

Fred asintió con la cabeza y dejó escapar una sonrisa que, más que una sonrisa como Dios manda, era una especie de media sonrisa mirando con timidez al suelo; cosa que tenía por costumbre hacer cuando algo le daba vergüenza.

Acto seguido, el hombre sacó una tarjeta de su bolsillo y se la entregó.

—Este soy yo. A lo mejor me

paso otra vez por aquí para verte jugar la final. Aunque solo sea para asegurarme de que no ha sido cosa de un día... —añadió antes de sonreír de nuevo, darse la vuelta y marcharse.

Fred miró la tarjeta. Tuvo que leer hasta tres veces lo que ponía en ella para poder dar crédito a lo que veían sus ojos.

CAPÍTULO 27

Trato hecho

—¡No me puedo creer que hicieras una cosa así! ¡El discurso ese después del partido! ¡Llevándote todo el mérito! —gritó Ellie.

—¿Y qué se suponía que tenía que decir?: «Sois muy amables pero no he sido yo, ha sido mi hermana que me controla por arte de magia con el Mando». —respondió Fred también gritando.

—¡No! ¡Pero no hacía falta que te sintieras tan orgulloso de ti mismo!

—¡Y yo no me puedo creer que tú hicieras una cosa así! ¡Hacer que le pegara una patada a las gafas del señor Barrington y mandarlas hasta la otra punta del campo! ¡Podrían haberme expulsado para siempre!

—¡¿De qué hablas?! ¡Fue Isla quien lo hizo! ¡Yo no hice nada!

—¡No sé muy bien si creerte o no! ¡Estoy seguro de que lo hiciste para darme una lección!

—¡Vosotros dos! ¡¿Queréis bajar la voz ahí dentro?! ¡Estoy intentando ver...!

Entonces, Ellie y Fred dejaron de pelearse y los dos a la vez gritaron con todas sus fuerzas para que su madre los oyera a través de la pared:

—¡¡*Un tesoro en tu casa*!! ¡Sí, ya lo sabemos!

En ese momento se hizo un breve silencio y, acto seguido, Janine dijo:

—Pues no... De hecho, estoy viendo otro programa. Deberíais saberlo, tan listos que sois...

Ambos se miraron entre sí.

—¿En serio? —preguntó Ellie.

—Sí.

—¿Y cómo se llama?

—*Un dineral en tu loft*. Es un *reality* nuevo. Totalmente distinto. No tiene nada que ver.

Los dos mellizos volvieron a mirarse entre sí. A continuación, estallaron en carcajadas.

—Bueno, vale... —concluyó Ellie—. ¿Paramos de discutir ya?

—¡Sí, por favor! —contestó Fred—. Mira esto... Desde hace rato tengo ganas de enseñarte algo...

—¿Qué?

Fred sacó de su bolsillo la tarjeta que le había dado aquel hombre y, sosteniéndola con el índice y el pulgar de cada mano, se la mostró a su hermana sin soltarla ni un segundo.

Ellie la examinó con detenimiento.

—«Sven Matthias. Cazador de Talentos» —leyó—. ¿Un cazador?

—No un cazador normal y corriente de esos que van con la escopeta al hombro matando perdices. Quiere decir que es un ojeador de fútbol. La persona que se encarga de buscar jugadores jóvenes buenos para los clubs profesionales.

—¡Anda! ¡Qué guay! ¿Y de qué equipo era este?

Fred apartó uno de los dedos con los que sujetaba la tarjeta y dejó ver que en una de las esquinas había un escudo azul con un león sujetando una especie de báculo real. Nada más verlo, su hermana abrió los ojos de par en par y exclamó:

—¡¿Del Chelsea?! ¡¿Del Chelsea F. C.?!

Él levantó un poco la vista y, a la vez que asentía muy despacio con la cabeza, la miró sonriente.

—¡¿Este hombre quiere que vayas y hagas las pruebas para entrar en el Chelsea?! —insistió ella.

—Bueno —respondió su hermano mientras se guardaba de nuevo la tarjeta en el bolsillo—, en realidad no. Va a volver para verme jugar la final y luego ya se verá lo que decide.

—Guau. Eso es increíble.

—Sí. Oye..., lo siento. Siento lo que dije al acabar el partido. Pero vendrás tú también a ver la final, ¿no? Y... me llevarás con el Mando, ¿verdad? Si lo haces, te doy mi palabra de que nunca más volveré a soltar ningún discurso sobre lo bueno que soy y el talento que tengo. Ni siquiera aunque me vengan a hacer una entrevista pospartido los de *El día del fútbol*.

Ellie reflexionó al respecto durante unos segundos.

—¿Volverás a ponerme de Ellicienta?

Su hermano frunció el ceño y, al cabo de un momento, su rostro volvió a iluminarse.

—¡Anda! ¡Se me había olvidado! ¡La fiesta de cumpleaños de Rashid es dentro de unas horas!

Ella asintió tímidamente.

—¡Sí! ¡Pues claro que sí! —exclamó Fred.

Entonces, su hermana sonrió y alargó la mano hacia él.

—Si es así, trato hecho —dijo.

CAPÍTULO 28

Un gorila afeitado

Los Stone salieron con retraso en dirección a casa de Rashid. La razón había sido la edición especial de *Un tesoro en tu casa* que habían echado por el Canal 765+1.

—¿Qué canal es ese? —había preguntado Eric al ver que empezaba el quinto programa seguido del espacio televisivo favorito de su esposa.

—Es el canal de *Un tesoro en tu casa* —le había contestado Janine.

De modo que, cuando la familia al completo iba por fin ya de camino, Ellie dijo:

—Papá, ¿podemos ir un poco más deprisa, por favor?

—Sí —la secundó su madre—. Písale un poco, Eric.

—Ya lo hago, Janine. Estoy pisando a fondo el acelerador.

Ella dirigió la mirada a los pies de su marido y vio que este no mentía.

—Madre mía, Eric —afirmó—. Vas a tener que plantearte muy en serio lo de perder peso, ¿eh?

Así que no fue de extrañar que, cuando sus padres los dejaron en la entrada de casa de Rashid, la fiesta se encontrara ya en pleno apogeo.

Fred acababa de llamar al timbre cuando, de pronto, oyeron detrás de ellos una voz que les era familiar.

—Vaya, vaya, vaya...

—Oh, no... —soltó Ellie mientras se daban la vuelta.

Sí, eran los mellizos Fawcett otra vez.

Isla llevaba un conjunto de fiesta perfecto: un vestidito de color rojo pasión, unos zapatos de tacón alto, unos pendientes largos y brillantes y los labios pintados a juego con el vestido. ¡Ah!, y el cabello, suave y sedoso como de anuncio de champú, le caía de forma elegante cubriéndole la mitad del rostro. De hecho, precisamente acababa de echárselo hacia atrás con la cabeza para darle un toque más dramático a su «vaya, vaya, vaya...».

Morris, en cambio, seguía pareciendo el mismo gorila afeitado.

—Llegas tarde —dijo Isla.

—¡Igual que tú! —le respondió Ellie.

—Sí, pero nosotros podemos permitírnoslo —replicó la pequeña Fawcett.

—¿Y eso por qué, si se puede saber?

—Porque, aunque lleguemos tarde —contestó acercándose a ella—, vamos vestidos genial.

—Morris, no —matizó Fred.

—Es cierto. Yo no —le dio la razón Morris.

—Cállate —le ordenó como era habitual su hermana—. Hasta tú, Morris, que pareces un gorila afeitado, tienes mejor pinta que estos dos. Sobre todo que tú, Ellie. Faldita a cuadros, jersey de pico y gafas... Como siempre... ¿No podías haberte puesto algo bonito para la fiesta? ¿No podías haberles pedido a mamá y a papá que te aconsejaran cómo vestirte? ¡Ah, no! ¡No podías! ¡Es verdad! ¡Porque tu madre es una teleadicta y tu padre es gordo como un elefante!

—Sí. Eso es lo que son —abundó su hermano.

—¡Cállate! —exclamó Fred.

Justo en ese momento, comenzó a abrirse la puerta de la casa.

—Bueno, qué se le va a hacer... —concluyó Isla—. Supongo que eso significa que Rashid solo tendrá ojos para una de nosotras. Como siempre...

Conforme acababa de hablar, fue dándoles la espalda poco a poco a Fred y a Ellie y transformando el semblante; lo que quiere decir que, en una décima de segundo, pasó de la cara de asco que les había puesto a ellos a una gran y luminosa sonrisa dedicada a la persona que estaba entrando, la cual no era otra, por supuesto, que Rashid.

—¡Hola, Rashid! —dijo ella.

—Hola, Isla. Hola, Morris —respondió él—. ¡Ah! ¡Y hola, Fred!

—Hola, Rashid

—Y tú... ¿quién eres? —preguntó Rashid desviando repentinamente su atención de Fred.

—Yo soy... Ellie. Voy a tu clase.

—¿Ellie...? —replicó él—. Guau. Qué cambiada estás...

Acto seguido, todos se volvieron hacia ella. Ya lo creo que se encontraba cambiada. Se parecía a Blancanieves; a la princesa Fiona;[19] a Alegría, de la peli *Del Revés* y a todas las heroínas de los dibujos animados y los videojuegos. Todas en una. Lo curioso es que, a pesar de todo, no había dejado de ser ella misma: Ellie. Su pelo era ahora rizado y le caía con suavidad por ambos lados de la cara; aún más parecido al de un anuncio de champú que el de Isla. Llevaba

19. Sigo refiriéndome a cuando no está verde.

un vestido de color negro y dorado y, reflejando las luces de la fiesta, unas relucientes bailarinas plateadas recubiertas de lentejuelas en los pies.

Todo aquel que se volvió para contemplarla fue incapaz de apartar los ojos de ella. Estaba guapísima.

—¿Cuándo...? —exclamó Isla, que, de repente, se había quedado embobada como el que más mirándola de arriba abajo—. Quiero decir... ¿Cómo...? ¿Cuándo te... has cambiado... de ropa? ¿Y todo lo otro que... llevabas puesto?

Ellie se encogió de hombros abriendo las palmas de las manos y mostró sin querer ese otro complemento de su renovada indumentaria: una pulsera en su muñeca derecha. Isla se fijó en ella; sin embargo, de lo que no llegó a darse cuenta es de que Fred acababa de meterse el Mando en el bolsillo del abrigo.

CAPÍTULO 29

El paquete de beicon más grande que el martillo de Thor

—¡Ha sido increíble! ¿Has visto la cara que ha puesto Isla? ¿Y la de todos los demás cuando he entrado? ¡Se han fijado en mí más que en toda su vida!

Fred asintió, aunque en realidad empezaba a preocuparse un poco por Ellie, pues esta no había parado de hablar de lo mismo desde que se marcharon juntos de la fiesta.

—¡Y he bailado! ¡Yo nunca bailo! ¡Pero esta vez me ha salido solo hacerlo!

Acto seguido, inició un paso de baile y dio una vuelta maravillosa en el sitio haciendo que su pelo acompañara a la perfección el movimiento del cuerpo.

Su hermano se apoyó contra la pared de la sala de juegos y la observó durante unos instantes. Estaba feliz de verla tan contenta, pero también un tanto inquieto al respecto.

—Vale... ¿Y qué pasa con Rashid?

Ellie se detuvo en seco.

—¿Qué pasa con Rashid?

—¿Hablaste con él?

Ella extendió las manos y se puso a contemplar sus nuevas y largas uñas pintadas de rojo.

—Un ratito.

—¿Y qué...? ¿Crees que le gustó tu nuevo... *look*? —preguntó Fred.

Su hermana lo miró como si se hubiera vuelto loco de repente.

—¡Por supuesto que sí!

—¿Qué te dijo?

—No me dijo nada sobre eso. Es un chico. ¡Además, solo tiene once años! Aunque... —contestó al tiempo que posaba frente al espejo sacando una pierna hacia delante y poniéndose la mano en la cadera, igual que hacen las famosas en los estrenos de cine para que todo el mundo les saque fotos—... ¡seguro que algo ha comentado por ahí!

—Bueno, no importa. Creo que ahora lo mejor será que vuelva a ponerte normal —dijo él cogiendo el Mando de la repisa que había debajo de la pantalla de televisión.

—¡No! —exclamó Ellie mientras seguía deleitándose con su imagen en el espejo—. ¡Quiero quedarme así!

Su hermano se quedó pensativo.

—¿Quedarte así... cuánto tiempo?

—No lo sé. Solo sé que me gusta. ¿Qué tal para siempre?

—¿Para siempre?

—Pues... —reflexionó ella—. Sí. ¿Por qué no?

Fred la miró con detenimiento. La verdad es que no sabía muy bien qué responder a aquello. Lo que le dieron ganas de decir fue lo siguiente: «Porque eres mi hermana melliza. Y, a pesar de que no seamos idénticos, se supone que debemos tener un aspecto más o menos similar, parecernos en algo. Y ahora mismo, si te soy sincero, no tienes un aspecto en absoluto similar ni te pareces en nada a mí. De hecho, en estos momentos ni siquiera estoy seguro de saber quién eres».

Eso es lo que le dieron ganas de decir. No obstante, al cabo de un segundo, le pareció demasiado amargo y despectivo. Además, la culpa era suya, ya que había sido él quien la había transformado físicamente, quien se inventó a Ellicienta y quien aceptó ser su estilista particular.

Así pues, en lugar de decirle nada, se limitó a bajar la vista y mirar el Mando. Entonces se dio cuenta de que algo extraño sucedía con la luz azul.

—¿Qué es lo que pasa? —preguntó.

—¿Cómo que qué es lo que pasa? —replicó su hermana, que seguía mirándose en el espejo.

—Está haciendo cosas raras.

Aquello fue lo que, por fin, hizo que Ellie se volviera y prestara atención a lo que le ocurría al aparato. La luz azul seguía parpadeando de modo intermitente; sin embargo, ahora ya no lo hacía despacio sino a toda velocidad.

A continuación, echó un vistazo a su pulsera. Le ocurría lo mismo.

—¿Qué significa? —preguntó ella.

—No lo sé.

Ellie agarró el Mando, comenzó a agitarlo y lo puso boca abajo.

—¿Querrá decir que se le está acabando la batería?

—Puede ser.

—Pero ¿cómo se hace para cargarlo? ¿O es que lleva pilas?

—No lo sé. Ya me preguntaste lo mismo cuando lo trajeron, no sé si te acuerdas, y te dije que no lo sabía —respondió él.

Su hermana volvió a ponerlo del revés. La reluciente tapa metálica reflejaba sus nuevos cabellos dorados, así como sus grandes ojos y sus carnosos labios recién estrenados. No obstante, no había rastro en ella de tornillo alguno ni tampoco ningún tipo de flecha o indicación, nada que sugiriera que se podía abrir de alguna manera para encontrar debajo la típica hilera de pilas bien ajustaditas.

—Bueno... ¿Y entonces qué hacemos? —preguntó ella.

Fred reflexionó durante unos instantes.

—Podríamos meternos en internet y volver a buscar al Hombre Misterio, a ver qué nos dice...

—¡Buena idea!

Así pues, los dos salieron corriendo hacia la cocina, que era donde se encontraba el portátil de los Stone en esos momentos. Para los dos mellizos era un tormento constante tener un solo ordenador en toda la casa, ya que la mayor parte del tiempo había que estar buscándolo por todas partes. Sin embargo, en aquella ocasión no les costó mucho encontrarlo: lo tenía Eric, que estaba viendo un vídeo en YouTube de Jamie Oliver sobre cómo hacer bocadillos de beicon.

—Muy bien... Ahora, como todos sabréis, un buen bocadillo tiene que llevar salsa barbacoa —decía el chef británico—. Pero yo creo que con un poco de *ketchup* y una pizca de tabasco es suficiente para...

—¡Papá! —exclamó Ellie—. ¿Qué estás haciendo?

Eric Stone miró a su alrededor. En la mano izquierda sostenía un paquete de beicon más grande que el martillo de Thor, si es que alguien puede imaginarse un martillo de Thor hecho de tocino.

También tenía al lado cuatro o cinco sartenes apiladas encima de los fogones y un montón de botes de diferentes salsas: mayonesa, mostaza, salsa barbacoa, salsa de tomate, salsa de verduras encurtidas y un tarro de algún tipo de salsa picante india que nadie sabía cómo se llamaba y que, hasta ahora, nadie se había atrevido a abrir. Llevaba puesto un gorro de cocinero y un largo delantal anudado con fuerza a la espalda. Se trataba de un tipo de delantal muy gracioso que acababa de salir al mercado y que Janine le había regalado las Navidades pasadas, y que llevaba impreso por delante la imagen del vientre de un hombre; pero no el de Eric Stone, sino el de un modelo, con todos los abdominales bien marcados.

—Solo comprobaba la receta... —comenzó a decir él.

—¿La receta? —lo interrumpió Fred—. Beicon, pan y salsa. Punto.

—Ya lo sé, pero mira, Jamie ha inventado un modo

completamente diferente de prepararlo con beicon, pan y salsa que... ¡Ellie! ¡¿Qué estás haciendo?!

—¡Me llevo el portátil! ¡Ya se ha manchado de grasa! —respondió ella poniendo rumbo de nuevo a la sala de juegos.

—¡Devuélvemelo ahora mismo!

—¡No!

—...Y si ponemos después la rebanada de pan en la sartén —estaba diciendo Jamie—, conseguiremos un...

—¿Qué ha dicho? ¿QUÉ HA DICHO? —gritó Eric.

Demasiado tarde: su hija ya había cerrado la pantalla. Abatido, hundió la cabeza entre las manos; lo cual fue un craso error, ya que aún tenía cogido con la izquierda el paquete de beicon más grande que el martillo de Thor.

CAPÍTULO 30

De hecho, no es Skype

—¡No está! —exclamó Ellie al cabo de veinte minutos—. ¡He buscado por todas partes!

Efectivamente, eso había hecho. Había metido en Google todo tipo de entradas: «Mando», «Hombre Misterio», «Hombre del Misterio», «Tío calvo con gafitas de sol obsesionado con los frikis que se enfada si se le hacen preguntas...», pero nada, ningún resultado.

Los dos se quedaron absortos mirando el ordenador. De repente, este comenzó a emitir un sonido parecido al del Skype cuando alguien llama: «Pii-Po-Pii-Pii».

—¡Escucha! —advirtió ella—. ¡Quizá es él! ¡Quizá él nos ha encontrado a nosotros!

—¡Sí! —respondió Fred al tiempo que aceptaba la llamada.

Un ventana se abrió en la pantalla, aunque no pareció asomar nadie en su interior. Lo único que se veía era una pared blanca y una silla vacía.

—¡Hola! —dijo una voz.

—¡Hola! —dijo otra voz.

—¿Quién es?

—¡Somos nosotros! —contestó la primera voz que los había saludado al tiempo que Stirling (que era quien acababa de hablar) recolocaba la *webcam* de modo que pudieran verlo subido a la silla.

—Lo siento —añadió la segunda voz (Scarlet, por supuesto)—, es que a veces nos queda un poco alta la *webcam* de mamá.

De pronto, la pequeña apareció en la pantalla también subida a la silla, sonriendo y saludándolos con la mano.

—¿Y ella no está ahí con vosotros? —preguntó Fred—. Creía que no podíais utilizar el ordenador si no era bajo su supervisión.

—Acaba de irse —respondió Scarlet—. Nos ha dicho que podíamos usarlo para buscar regalitos de Navidad.

—Así que vais a echar un vistazo en Amazon, ¿no? —dijo Ellie.

Los dos pequeños se miraron entre sí y se echaron a reír a carcajadas.

—¡Ay, ay, ay, ay! —exclamaron ambos al mismo tiempo.

—¡No lo creo, abuelita! —replicó Stirling—. Hoy en día, la web puntera para el comprador que quiere estar a la última es...

—¿ListoparaPillaryLlevar? —añadió su hermana—. ¿Mamavaricia? ¿Compratlética? ¿Pagaplis? ¿Londis.com? ¿Chorracompra?

—Todas fabulosas, Scarlet, pero la que nosotros vamos a utilizar es...

—Mirad, no nos importa —los interrumpió Ellie—. Tenemos un problema. Y ya que estáis ahí los dos, mis queridos iBabies, se me ocurre que, a lo mejor, podríais echarnos una mano.

Así que, después de haberles hecho prometer que no le hablarían a nadie de este asunto jamás de los jamases, Fred y Ellie les contaron a Scarlet y a Stirling toda la historia del Mando,[20] y cómo ahora eran incapaces de volver a ponerse en contacto con el Hombre Misterio, ni siquiera encontrar una sola referencia a él en internet.

---

20. La cual los emocionó muchísimo, a pesar de que Stirling seguía pensando que podían haberse hecho con uno mejor si hubieran mirado en Quieroesegadget.com.

Los iBabies se quedaron pensativos unos segundos. A continuación, la más pequeña dijo:

—Puede... Puede que solo aparezca en el portátil del cole, en ese viejo que tienen en el aula de informática.

—¡Vaya una reliquia, por el amor de Dios! —replicó su hermano—. Es como lo de no tener tampoco en Bracket Wood ni un iDesk, ni un TechHammer ni un PixSonic 250... ¡Sí, Scarlet tiene razón...! Está tan anticuado que seguro que lo programó, no sé... ¡un mago medieval o algo así!

Ellie arrugó la frente sin entender muy bien.

—Pero ¿eso es posible? ¿Internet no es una cosa enorme que es igual para todos los ordenadores? —preguntó—. Si salía en aquel, tendría que aparecer también en este...

—Sí, eso es lo normal... —respondió Scarlet—. Pero bueno, ya sabes, un mando de consola que es capaz de controlar a la gente tampoco es, que digamos, algo muy normal...

No había duda de que aquello era cierto. Entonces Ellie se dirigió a Fred con expresión de «¿y tú qué piensas?», y a continuación se encogió de hombros y puso cara de «puede que los iBabies tengan razón».

De todas formas, antes de que tuvieran tiempo de continuar con la conversación, la madre de Stirling y

Scarlet, así como su padrastro, aparecieron detrás de ellos en la pantalla.

—¡Eh! ¡¿Quién os ha dado permiso para hablar por Skype con nadie?! —los regañó la mujer, que era rubia y tenía acento escocés.

—Sí, es verdad —añadió el hombre, el señor Bodzharov, un tío con bigote, una espesa mata de cabello negro y acento de Europa del Este—. Os lo dije... Ahora ya sabéis que tendré que castigaros por haber desobedecido a vuestra madre.

—¡No, por favor, señor Bodzharov! ¡No nos cortes el pelo otra vez como lo hacen en tu tierra! —suplicó la pequeña.

—¿Qué? —exclamó él—. ¡Pero si eso no es un castigo, sino algo bueno! No, yo me refería a la paga...

—De hecho, no es Skype, mamá —afirmó Stirling—. Es Uovoo, que usa un sistema completamente diferente de...

Justo en ese momento, la madre de los iBabies cortó la conexión.

Ellie y Fred no podían parar de reírse.

—Bueno, pues mañana por la mañana lo primero que tenemos que hacer es ir al aula de informática y... —empezó él.

—¡No! ¡Creo que deberíamos ir ahora mismo! —lo interrumpió su hermana.

—¿Ahora?

—¡Sí! ¡Tenemos que averiguar qué es lo que pasa!

—¡Pero si es sábado! ¡El colegio está cerrado!

Ella asintió y agarró el Mando.

—Estoy segura casi al cien por cien de que le queda energía suficiente aún y que podemos usarlo para...

El Skype —perdón, Uovoo— volvió a sonar. Fred suspiró. Ellie negó con la cabeza con gesto de infinita paciencia e hizo clic donde ponía «ACEPTAR».

—Hola... —susurró la voz de Scarlet.

—Hola... —susurró también la voz de Stirling.

—¿Qué pasa? ¿Qué queréis ahora, iBabies? —preguntó Ellie.

—¡Se nos ha ocurrido una idea nada más salir mamá y el señor Bodzharov de la habitación! —afirmó la pequeña.

—¡Sí! ¡Hemos pensado que podríais ir los dos al colegio este fin de semana, aunque esté cerrado, y tal vez usar el Mando para poder...!

—Sí, ya se nos había ocurrido a nosotros también —replicó Fred—. Vamos a ir más tarde.

—Ah... —dijo Scarlet.

—Ah... —repitió Stirling.

Se hizo una pausa.

—¿Podemos ir con vosotros? —preguntaron los dos iBabies al mismo tiempo.

—No —respondió Fred.

—No —recalcó Ellie.

—¿Por qué no? —preguntó Scarlet.

—Porque no sois más que unos iBabies —contestó Ellie.

—Sí. Y porque llamáis a vuestro padrastro señor Bodzharov —concluyó Fred un segundo antes de presionar el botón de «FINALIZAR LLAMADA».

CAPÍTULO 31

¡No más preguntas!

Ya estaba oscureciendo cuando llegaron a la verja de entrada del colegio. Ellie le dijo a Fred:

—Saca la mano.

—¿El Minecraft? —preguntó Fred.

—El Minecraft —respondió Ellie.

Entonces pulsó el botón de rubíes y, como por arte de magia, un objeto rectangular apareció en las manos de su hermano. Era marrón y de color amarillo por uno de sus extremos que, además, estaba encendido.

—¡Una antorcha! —exclamó él.

—Alumbra aquí —dijo su hermana acercando el Mando a la luz para ver bien la siguiente operación que debía llevar a cabo.

Fred alargó el brazo de modo que su hermana pudiera ver mejor lo que estaba haciendo.

Entonces Ellie presionó el botón dorado y una herramienta parecida a un pico o a una pala apareció de pronto en las manos de su hermano. Inmediatamente, Fred comenzó a cavar.

Ella dio un par de pasos hacia atrás para que no la salpi-

caran el polvo y la tierra, aunque no le sirvió de mucho, ya que él excavaba a tal velocidad (unos seis enormes bloques de cemento desaparecieron en cuestión de segundos) que, en menos que canta un gallo, había horadado un túnel que pasaba por debajo de la verja del colegio y desembocaba de manera directa en el interior del recinto. Ellie fue siguiendo el camino abierto por Fred. Era increíble lo rectilíneas y lisas que eran las paredes de la galería subterránea que acababa de perforar.

—Espera un momento —dijo él nada más asomar la cabeza por la boca del túnel.

Luego se metió dentro otra vez. Ellie observó cómo su hermano iba rellenando el hueco del pa-

sadizo con cada uno de los bloques de cemento que había sacado.

—No quiero que se caiga nadie —afirmó él desde el otro lado de la reja—. Ni que nadie vea lo que hemos hecho.

—Sí, pero ahora vuelves a estar ahí fuera. ¿Cómo vas a entrar?

Su hermano asintió.

—Hazme pasar flotando por arriba.

Ella chasqueó la lengua en señal de fastidio pero acabó presionando el botón de diamantes y moviendo el *joystick*. Lo que sucedió a continuación, como podréis imaginaros, es que Fred comenzó a elevarse en el aire como a cámara lenta hasta rebasar la altura de la verja y volvió a bajar hasta posarse de nuevo con suavidad en el suelo, justo al lado de su hermana.

—¡Qué divertido! —exclamó.

—Estamos gastando batería a lo tonto.

—Si ni siquiera sabemos si funciona con batería...

—Seguro que la luz azul no parpadea así de rápido porque sí... —replicó ella mostrándole el Mando.

Después de haber perforado un nuevo túnel para entrar en el propio edificio del colegio, se encontraron con que el aula de informática estaba cerrada.

No obstante, Ellie tuvo una idea. Apretó otro de los botones y, enseguida, una tabla de madera apareció entre las manos de su hermano, y luego otra, y otra. Una a una, fue poniéndolas contra la pared al lado de la puerta hasta que formaron una entrada alternativa; una entrada que, por supuesto, no estaba cerrada.

Nada más pasar al interior, vieron que el portátil seguía sobre la mesa, exactamente en la misma posición en que lo habían dejado la última vez que lo usaron —era evidente que no era mucha la gente que visitaba el aula de informática, la verdad—. Una foto del señor Fawcett sonriente a la entrada del colegio rodeado de un numeroso grupo de niños de distintas procedencias étnicas se había utilizado de salvapantallas. Los dos mellizos se sentaron frente al ordenador y se miraron entre sí con nerviosismo.

—Si no nos aparece en este... —dijo Fred con preocupación.

—Lo sé.

Hicieron clic y, de forma inmediata, allí, delante de sus narices, exactamente en la misma habitación que la última vez, vestido exactamente con la misma ropa, se toparon con el Hombre Misterio.

—¡Oh! ¡Bien! ¡Gracias a Dios! —afirmó este—. ¡Pensé que no ibais a volver nunca!

—¿Qué? —soltó ella—. ¿Quieres decir que has seguido ahí dentro todo este tiempo?

—¡Pues claro! ¡Los ordenadores hay que apagarlos después de usarlos! ¡¿O no lo sabíais?! ¡Es una norma de sentido común y de respeto por el medio ambiente!

—A ver si lo he entendido... ¿Te has quedado ahí sentado varias semanas solo para soltarnos un sermón sobre cómo ayudar a proteger el medio ambiente? —preguntó Ellie.

El Hombre Misterio, que ya de por sí parecía bastante alterado, se alteró todavía más; de hecho, se puso alterado versión Premium.

—¡Ya os lo dije la última vez! ¡No está permitido que me hagáis preguntas! ¡Igual que a mí no me está permitido hacerles preguntas a ellos! Preguntas tipo: «¿Por qué tengo yo que quedarme aquí sentado todo este tiempo porque a unos niños tontos que aún van a primaria no les dé la gana de apagar el ordenador?», o «¿No me puedo ir a casa un rato?», o «¿Puedo, por lo menos, ir al lavabo?». No señor.

—¿Quiénes son ellos? —dijo Fred.

—¡¡¡NO MÁS PREGUNTAS!!!

—Hombre Misterio, ¿podemos hacerte una sola pregunta más y nos vamos? —añadió ella.

—¡NO!

—¡Solo una! Es sobre el Mando.

—¡NO!

Entonces, Ellie ladeó la cabeza y apretó un poco los labios, lo que, como bien sabía su hermano, significaba que estaba a punto de ponerse muy seria.

—Si no nos dejas hacerte esta pregunta..., volveremos a dejar abierto el ordenador cuando nos vayamos... para siempre...

El Hombre Misterio abrió la boca para decir algo, lo más probable un nuevo «¡NO!»; sin embargo, nunca lo sabremos, ya que, de manera repentina, volvió a cerrarla de golpe. Al cabo de un segundo pareció que por fin iba a hablar; no obstante, una vez más, se lo pensó dos veces. De hecho, repitió lo mismo hasta en cuatro ocasiones, y al fin dijo:

—Está bien. Una pregunta.

Ellie levantó el Mando a la altura de la pantalla. Igual que hizo Fred con la pulsera.

—¿Qué le ha pasado?

El Hombre Misterio se echó hacia delante para ver mejor y escudriñó el dispositivo frente a él.

—Humm... Está intermitente.

—Sí.

—Se está apagando —afirmó como si fuera algo obvio y evidente que deduciría cualquiera medianamente avispado.

CAPÍTULO 32

Friki

Fred y Ellie se miraron entre sí.

—Vale. Eso es lo que pensamos que podría ser. ¿Cómo podemos recargarlo?

El Hombre Misterio se reclinó hacia atrás alejándose de la pantalla.

—Eso... es una segunda pregunta.

Los dos mellizos se miraron de nuevo entre sí.

—Bueno... —replicó Fred—... yo diría que, técnicamente, es una segunda parte complementaria a la primera.

El Hombre Misterio lo miró a los ojos.

—Ina siguinda padte blumementaria de la mlimera... —dijo haciendo aspavientos con los brazos y poniendo una aguda voz nasal como si fuera idiota—. Friki...

—¿No decías que te gustaban los frikis? —preguntó ella.

—Eso es otra pregunta.

—Era una pregunta retórica.

—Friki.

—¡MIRA! —gritó Ellie de pronto a la vez que se levantaba y arrastraba con un chirrido la silla en la que se había sentado al llegar—. ¡TÚ DINOS CÓMO RECARGARLO Y PUNTO! ¡¡¡Y NO TE LO DIGO, COMO ESTOY SEGURA DE QUE TE HABRÁS PERCATADO, EN FORMA DE PREGUNTA!!!

El Hombre Misterio y Fred pegaron un respingo un poco intimidados. Por momentos, hasta dio la impresión de que Ellie crecía de golpe más aún de los siete centímetros que ya de por sí había ganado con el nuevo *look* de su hermano.

—Vale, vale... No te sulfures, contrólate...

Ella volvió a sentarse.

—Bueno. Esto es lo que hay: no podéis recargarlo como tal.

Los dos mellizos fruncieron el ceño.

—¿Qué quieres decir? —quiso saber Fred.

—Que no funciona con batería. Eso es lo que quiero decir.

—Vale... —añadió ella—. Entonces ¿cómo podemos recargarlo?

—No podéis.

Los dos mellizos fruncieron el ceño aún más.

—¿Cómo has dicho? —insistió Ellie—. Me ha parecido entender que has dicho... «no podéis».

—Ah, perdón... Os lo repito, no pasa nada... —dijo el Hombre Misterio recolocándose el micro y acercándoselo un poco más a la boca—: ¡¡¡NO PODÉIS!!!

En esta ocasión, lo soltó a tal volumen que el sonido de su voz sonó distorsionado a través de los pequeños altavoces del ordenador del colegio.

—¿Y... eso es todo? —replicó ella—. ¿Se apaga y ya está?

—Por mi experiencia personal —respondió el Hombre Misterio mientras volvía a echarse para atrás y a acomodarse contra el respaldo de su silla—, lo único que puedo deciros es que el Mando permanece activo mientras se lo necesita.

Igual que las dos veces anteriores, los mellizos fruncieron el ceño un poco más, si bien es cierto que la capacidad de arrugar la frente de Fred no era tan grande como la de su hermana.

—¿Y eso qué significa? —preguntó ella.

El Hombre Misterio suspiró.

—Bueno, ya vale... Está claro que eso es una pregunta, y no pienso contestarla...

Ellie miró a Fred, que se encogió de hombros y,

acto seguido, negó con la cabeza con gesto de incredulidad.

—Todo lo que puedo decir es que... —añadió el Hombre Misterio en un tono que hacía honor a su nombre—...[21] «Muchos pocos hacen un mucho»; «Culo de mal asiento nunca acaba nada y empieza ciento»; y «Siempre hay dos versiones de una misma historia».

Luego, hizo una larga pausa al tiempo que dejaba escapar una juguetona media sonrisa de sus labios.

Tanto Ellie como su hermano lo miraron fijamente intentando desentrañar el significado de sus palabras.

—Me parece que lo único que has dicho es lo primero que se te ha pasado por la cabeza para parecer muy misterioso o algo así... —dijo ella al fin.

—¿Ah, sí? ¿Eso os ha parecido? —replicó el Hombre Misterio alzando una ceja y ensanchando un poco la media sonrisa.

—Sí —añadió Fred.

A continuación, los dos se levantaron y se dieron la vuelta con la intención de marcharse. El rostro del

21. Quiero decir que obviamente usó un tono misterioso (él siempre hablaba con tono misterioso), pero me refiero a que esta última vez fue como si le añadiera una pizca extra de misterio, unas gotitas especiales de misterio para darle al asunto el punto de misterio necesario.

Hombre Misterio cambió al instante y en él asomó un gesto de abatimiento.

—Está bien, puede que sí, que haya hecho eso. Pero...

Los dos mellizos se volvieron con rapidez hacia la pantalla de nuevo.

—¿Sí?

—Ese nuevo *look* que te has puesto, Ellie, es fascinante, aunque me temo que lo único que va a conseguir es que se apague antes el Mando...

—¿En serio?

—Cuanto más tiempo lo lleves, más pronto se apagará.

Ella se quedó mirándolo pensativa. Después se volvió hacia su hermano y le dio el aparato.

—¡Volvamos a casa! ¡¡Rápido!!

Fred asintió. Un segundo más tarde, ambos le dieron la espalda al Hombre Misterio y salieron a toda pastilla del aula de informática.

—Humm... —soltó el Hombre Misterio mientras se cruzaba de brazos de forma engreída—. Por fin les ha entrado en su dura mollera...

De repente, su actitud desapareció de golpe y dijo:

—Esto... ¿Fred? —llamó.

Y hablando un poco más fuerte, añadió:

—¿Ellie? Os habéis... olvidado de apagar el ordenador... ¿Hola? ¿Podéis volver...? ¡POR FAVOR! Oh, no, ya salta el salvapantallas... ¡¡SOCORRO!! ¡¡QUE ALGUIEN ME AYUDE!! ¡¡ESTOY DETRÁS DE LA CARA DEL SEÑOR FAWCETT!! ¡¡DE HECHO, JUSTO DETRÁS DEL CHICO COREANO DEL VIOLÍN!! ¡¡¡¡SOCORRO!!!!

CAPÍTULO 33

Tiene una luz que parpadea

—Muy bien. Vale. Ahora, ponme otra vez normal —dijo Ellie mirándose en el espejo de la sala de juegos.

La luz de la pulsera que llevaba en la muñeca derecha estaba parpadeando, pero su intensidad era débil.

Fred se preparó a darle a los botones del Mando y dijo:

—De acuerdo... ¿Quieres despedirte?

—¿De qué?

—De... este *look*. De tu nueva versión.

Ella se volvió hacia él.

—Bueno. De momento...

Los pulgares de su hermano seguían listos para empezar a actuar.

—¿Qué quieres decir?

—Pues está claro, que en otra ocasión, más adelante, voy a volver querer tener este aspecto...

—¿Más adelante, cuándo?

—No lo sé... Cuando sea.

—Ellie, no podemos seguir utilizando el Mando de cualquier manera. El Hombre Misterio nos lo dejó bien claro. Si continuamos usándolo y usándolo sin parar se apagará definitivamente.

Ellie lo observó con gesto adusto.

—Ah, ya... Y entonces ¿para qué tenemos que guardar la energía que le quede?

Fred se quedó perplejo al ver que su hermana no era capaz de entender lo que él quería decir.

—¡Para mí!

Ella estalló en carcajadas.

—¿Para ti?

—¡Sí! ¡Para cuando juegue la final del Torneo de Invierno Interescolar de Bracket Wood y Alrededores! ¡A la que va a venir a verme jugar el ojeador del Chelsea!

—¿Y quién decidió cuando nos llegó esto que lo tuyo sería lo más importante? ¡Es mi Mando!

—¿Cómo que es tuyo?

—¡Yo soy la que juega mejor a la consola! ¡Yo soy la que quería un mando nuevo! ¡Yo soy quien se encarga siempre de manejarlo!

Fred alzó el aparato que tenía en la mano y se lo puso a su hermana delante de los ojos.

—Salvo ahora mismo, ¿no crees? ¡Y el resto de las veces que has querido que te pusiera de Ellicienta!

Ellie se quedó callada unos segundos mirándolo fijamente. Luego respiró hondo.

—Mira, está bien... Los dos lo manejamos. ¡Por supuesto! Pero ahora ponme normal de una vez... Porque es lo que hay que hacer y porque sabemos que se va a apagar pronto... ¡Ya hablaremos de esto más tarde! ¿Conforme?

Él permaneció pensativo unos instantes. No estaba del todo contento con el resultado de la discusión, algo en su interior le decía que la cosa no había quedado clara. No obstante, le pareció bien la propuesta de su hermana. Cuanto más tiempo pasara ella como Ellicienta, más rápido se consumiría la energía que pudiera quedarle al Mando. De modo que asintió con la cabeza y, acto seguido, empezó a pulsar los botones haciendo que el pelo de Ellie, sus labios, su altura, su color de piel, sus dientes, así como la ropa que llevaba puesta volvieran a ser los habituales en ella.

Una vez acabada la transformación, su hermana se miró de nuevo en el espejo.

—Estupendo... —concluyó ella, aunque a Fred no le sonó como si lo hubiera dicho muy convencida.

—¿Y ahora qué? —preguntó él.

—Vamos a dejarlo aquí y a no usarlo hasta el día del partido.

A continuación, Ellie se quitó la pulsera y la dejó sobre la alfombra de la habitación.

—Vale —asintió su hermano haciendo lo mismo con el Mando y depositándolo al lado—. Buena idea.

De repente, los dos se quedaron mirando el parpadeo de ambos objetos.

—¿Qué hacemos ahora? —dijo Fred.

Su hermana se quedó pensativa.

—¿Los deberes de mates?

Él la observó detenidamente. Ahí estaba ella de nuevo, otra vez con sus gafas, su jersey de pico y su aparato de ortodoncia. Y le respondió con una sonrisa:

—¡Sí!

Después, los dos mellizos salieron corriendo de la habitación.

Unos minutos más tarde, su padre entró en la sala de juegos.

—¿Fred? ¿Ellie? —dijo echando un vistazo alrededor.

«Niños... —pensó para sus adentros—. Siempre que no quieres verlos, como cuando estás escuchando a Jamie Oliver explicándote en un vídeo en YouTube la receta de un fantástico bocadillo de beicon, ¡aparecen de pronto y te roban el portátil! Y, luego, en cambio, siempre que quieres verlos, en ratos como estos, en los que uno se siente un poco triste y solo, la cena se ha terminado y tu mujer está, para variar, clavada delante de la televisión, ¡no aparecen por ningún lado!»

En efecto, Eric se sentía un pelín deprimido. Llevaba estos últimos días preguntándose si, bueno... (teniendo en cuenta que Janine se pasaba el día entero viendo *Un tesoro en tu casa* y que Fred y Ellie lo hacían jugando a la consola), si de verdad se podía decir que seguían siendo una familia, en el sentido tradicional del término. Porque los miembros de una familia normal... deberían hacer de vez en cuando cosas juntos, ¿no?

«Además, nadie puede acusarme de tener ninguna obsesión que me quite tiempo de estar con ellos...», se dijo también a sí mismo. En ese momento, igual que solía pasarle cuando se sentía un poco de bajón, se le ocurrió la idea de volver a la cocina a ver si había alguna sorpresita en la nevera. Puede que quedara un poco de aquella barrita de chocolate con sabor a beicon que Janine le había regalado por su cumpleaños... Ah, no, se la había comido de un bocado, recordó. Bueno, de todas formas, merecía la pena echar una ojeada. Fue en ese preciso instante de su razonamiento cuando, a punto de darse la vuelta, vio con el rabillo del ojo algo que parpadeaba sobre la alfombra de la habitación.

Sin poder evitar soltar varios resoplidos y gruñidos debido al esfuerzo, se agachó hasta el suelo, se puso en cuclillas, cogió la pulsera y se quedó observándola con detenimiento unos segundos. «La verdad es que es muy bonita», pensó. Entonces estiró la mano y la colocó sobre sus dedos como si fuera una corona en la cabeza de un rey. A Eric le preocupó un poco que el objeto no se deslizara con facilidad hacia abajo. De hecho, le recordó que quizá sí que fuera cierto que tenía los brazos, el cuerpo en general, un tanto rechonchos. El caso es que, con ayuda de la otra mano, comenzó a obligarla a bajar hasta la muñeca; tarea nada sencilla, pues tenía que hacerlo con fuerza si quería que pasara por sus gruesos dedos, los cuales apretó todo lo que pudo. Al cabo de un par de gruñidos adicionales y de estar presionando al máximo durante un buen rato, consiguió, por fin, hacer que el objeto llegara a su destino.

Sin embargo, una vez conseguido, fue consciente

de que no sabía muy bien por qué había hecho aquello, pues le había dolido bastante. La piel de la muñeca (algo que jamás había sido muy consciente de tener: piel en la muñeca) le sobresalía por ambos lados, de modo que, ayudándose de la misma mano con la que había llegado a conseguir ponerse la pulsera, comenzó a empujar en dirección opuesta para quitársela.

No obstante, nada más empezar a hacerlo se percató de que era incapaz de moverla un solo centímetro sin sentir un enorme dolor. Así pues, Eric hizo lo habitual en él cuando no sabía qué otra cosa hacer.

—¡¡JANINE!! —gritó—. ¡¡JA-NI-NE!!

—¡¿QUÉ?! —le respondió ella también a pleno pulmón.

—¡VEN A AYUDARME!

—¿QUÉ HAS HECHO?

—¡ME HE QUEDADO ATASCADO!

—¿ATASCADO DÓNDE?

—¡NO! ¡LA MANO SE ME HA QUEDADO ATASCADA! ¡DENTRO DE UNA PULSERA!

A continuación se produjo un breve silencio en el que Eric pudo oír una voz que salía de la televisión y decía: «... como pueden observar, si le quitamos el polvo de la base, comprobamos que, en efecto, es realmente una pieza china del siglo XIX...».

Se abrió de golpe la puerta de la sala de juegos y apareció su esposa de brazos cruzados.

—A ver, Eric..., querrás decir que se te ha quedado atascada una pulsera en la mano, no al revés. Cosa que no te impide, además, que seas tú quien vaya al cuarto de estar en vez de hacerme venir a mí.

—Perdón, Janine —se disculpó él.

—Bueno, déjame que le eche un vistazo —dijo ella acercándose y cogiéndole la mano—. Humm... La verdad es que es muy bonita.

—¿Tú crees?

—Sí. Puede que valga un buen dinero. Voy a llamar a...

—No la hemos encontrado en el ático, Janine. Nosotros no tenemos ático. Vivimos en un bajo.

—¡Ya lo sé! —replicó su mujer con un tono de angustia más que evidente—. ¡¿Por qué tienes que recordármelo?!

—Y no creo que sea ninguna antigüedad de valor. Tiene una luz que parpadea.

—No tiene por qué ser en un ático —contestó ella moqueando un pelín—. Ni ninguna antigüedad de valor. La semana pasada, en el establo de una persona, dieron con un reloj digital que valía más de...

—Janine. Me duele.

Ella chasqueó la lengua, contrariada.

—Está bien. Ve al fregadero y échate un poco de jabón en la muñeca. A ver si puedo sacártela luego...

Eric asintió con la cabeza y su esposa lo siguió con la mirada mientras salía de la habitación. Entonces, también con el rabillo del ojo, se dio cuenta de que había algo más que parpadeaba.

Se agachó y recogió el Mando.

—¡ERIC! —gritó—. ¡AQUÍ TAMBIÉN SE PUEDE VER LA TELE, ¿NO?! ¡QUIERO DECIR, CON LAS COSAS DE LOS VIDEOJUEGOS DE LOS CHICOS..., ¿VERDAD?!

—¡¿CÓMO?!

—¡YA SABES...! ¡CON LA CONSOLA , LA Z-BOX, EL CENTRO DE JUEGOS, LA NINTENDO YU O COMO SE LLAME...! ¡¿NO SE PUEDE VER TAMBIÉN LA TELE CON ESO?!

En ese momento oyó como se abría el grifo de la cocina.

—¡No tengo ni idea! —exclamó él.

Ella contempló el Mando un par de segundos.

—Por supuesto que no... —murmuró para sus adentros.

Después apuntó con el aparato en dirección a la pantalla de televisión y le dio al botón de esmeraldas al mismo tiempo que empezaba a mover de manera descuidada el *joystick* de un lado para otro.

Justo en ese instante, en la cocina, Eric Stone se vio, de pronto, en lugar de lavándose las manos en el fregadero, apretujado en cuclillas dentro de él. «¿Eh? ¿Qué pasa?», comenzó a preguntarse. No obstante, sus cavilaciones no durarían mucho, ya que enseguida fue consciente de que algo todavía más extraño estaba sucediendo.

CAPÍTULO 34

Dos *cowboys* a punto de desenfundar

Pasados unos minutos, Eric seguía dentro del fregadero con el agua del grifo cayéndole por todas partes. Parecía una de esas hermosas fuentes neoclásicas; es decir, una de esas hermosas fuentes neoclásicas si en el centro, en lugar de tener un delfín o un dios griego, tuviera a un tío gordo que no paraba de dar vueltas.

—¡JANIIIIIIINEEEE! —la llamó sin dejar de girar sobre sí mismo.

—¡AH, NO! ¡NO SEÑOR! —le respondió ella—. ¡NO PIENSO IR DETRÁS DE TI DE NUEVO! ¡YA ME HE HARTADO DE QUE TODO EL RATO ME PIDAS A GRITOS QUE TE RESCATE CADA VEZ QUE TE METES EN CUALQUIER LÍO INSIGNIFICAN-

TE! ¡ADEMÁS, ESTOY INTENTANDO VER SI FUNCIONA AQUÍ LA TELE!

—¡ES QUE NO TENGO CONTROL SOBRE MI PROPIO CUERPO! —chilló él.

—¡Y que lo digas...! —repuso Janine en voz baja—. ¡Por eso te he comprado el GORDANX! ¡No te he visto ponértelo ni en una ocasión!

Dicho esto, pulsó un par de botones distintos del Mando y, en un abrir y cerrar de ojos, su marido empezó a rotar a toda velocidad elevándose del fregadero y, como las aspas de un helicóptero, se puso a volar por toda la cocina.

—¡GUUUUAAAAUUUU! ¡¡SOOOCCCOOORRRO!! —gritó a pleno pulmón.

Por lo visto, no debió de hacerlo lo suficientemente alto como para despertar a la gata de la casa, ya que esta siguió durmiendo en un rincón junto a la ventana, ajena por completo al hecho de que su amo se dirigiera hacia ella de cabeza.

El barrigón de Eric aterrizó, blando y fofo, encima del inmutable animal, que debería haber pasado a llamarse *Margaret Espachurratcher,* en vez de *Margaret Arañatcher.*

Sin embargo, no le pasó nada. Eric se dio cuenta de ello porque, después del aplastamiento, oyó un:

—¡¡¡MIIIIIAAAAAUUUUU!!!

—¡¡¿QUÉ LE PASA A *MARGARET*?!! —preguntó Janine a gritos.

—¡NADA, CARIÑO! ¡NO LE PASA NADA! —le respondió con un nuevo alarido su marido, a la par que decidía que, dadas las circunstancias, lo mejor sería que se quedara encima de la gata un ratito.

—MIIAUAUUffggrrrrllllhh... —farfulló *Margaret*.

Después, todo pareció quedar en silencio. Eric respiró aliviado. No obstante, su barriga comenzó a moverse ¡sin que él hubiera hecho nada!

Aquello, a pesar de que su mujer estuviera en ese preciso instante agitándolo para ver si llevaba dentro algún tipo de pilas, no tenía nada que ver con el Mando, sino que tenía que ver con la propia *Margaret*. ¿Sabéis cuando un gato atrapa un ratón o un pájaro y, acto seguido, se tumba de costado en el suelo y empieza a jugar con su presa dándole de manera frenética con las patas traseras, como si estuviera torturándolo o algo así?

Pues bien, eso mismo fue lo que decidió hacer el animal con la barriga de su amo.

Al principio —por supuesto, desde el punto de vista de Eric—, la cosa incluso era agradable; era como si le estuvieran dando un masaje. Sus grandes lorzas comenzaron a vibrar, y durante unos segundos se preguntó si no debería hacer más a menudo eso de echarse boca abajo sobre la gata, pues tal vez lo ayudaría a reducir un poco de cintura.

Entonces, *Margaret* sacó las uñas.

—¡AY! ¡AY! ¡AY! ¡AY! —exclamó él al tiempo que se ponía en pie de un salto y comenzaba a dar brincos como un loco, todavía con el felino aferrado a su cuerpo con las uñas.

—PERO ¿QUÉ ESTÁ PASANDO AHÍ DENTRO? ¡¿Y CÓMO SE HACE PARA PONER LA TELE CON ESTA COSA?! —gritó desesperada y a punto de echarse a llorar Janine mientras movía sin parar hacia delante y hacia atrás el *joystick*.

Su marido, con la gata enganchada a la barriga como si fuera una especie de broche peludo, pegó otros seis o siete botes seguidos hasta lo alto de la cocina, golpeándose en cada uno de ellos con el techo y dejando en este una considerable abolladura. *Margaret* seguía con gesto de no entender tampoco nada de lo que estaba ocurriendo. Finalmente, el animal se soltó de su amo, aterrizó en el suelo y empezó a observarlo con burlona curiosidad.

Janine permanecía en la sala de juegos, sin hacer otra cosa que negar con la cabeza y apretar a lo loco todos los botones que podía del Mando de la consola.

Eric, al que se le había llenado el pelo de yeso del techo, adoptó entonces una postura como de artes marciales, con una rodilla doblada hacia delante y los dos brazos extendidos. El pomposo felino, notando que se avecinaba tormenta, arqueó el lomo y erizó el pelaje. Verlos a ambos, uno delante del otro, era como ver a dos *cowboys* a punto de desenfundar, o a

dos viejos aristócratas a punto de batirse en duelo, o a un tío gordo y una gata cara a cara sin saber ninguno de los dos cómo va a terminar aquello.

En ese instante, en la otra habitación, Janine presionó el botón dorado.

—¡JJIIIII-YAAAA! —aulló su marido conforme pegaba un brinco, lanzaba la pierna hacia delante y hacía al mismo tiempo varios molinillos con las manos.

Margaret Arañatcher maulló y se puso a lamerse concienzudamente por todas partes.

—¡KIA! ¡KIA! ¡KIA! —gritaba Eric al tiempo que iba dibujando un círculo alrededor del animal batiendo los brazos y pegando patadas laterales al aire como si fuera un experto karateca.

—¿Por qué haces tanto ruido? —dijo su esposa haciendo, por fin, acto de presencia, aunque todavía con la cabeza agachada y el Mando entre las manos.

—¡JI-YA! ¡OM! —contestó él yendo hacia ella mientras giraba sobre sí mismo—. ¡NO LO SÉ! ¡NO SÉ POR QUÉ ESTOY HACIENDO ESTAS COSAS!

—Venga, no seas tonto... —replicó Janine sin ni siquiera mirarlo mientras hacía girar el *joystick* y pulsaba de forma repetida el botón dorado.

—¡JAARRRRLLLL...!

De repente, Eric se elevó de un salto, se colocó de

manera horizontal y alargó el puño del brazo derecho como si fuera Superman. De hecho, se quedó suspendido en dicha postura durante un par de segundos, igual que hacen los personajes de algunos dibujos animados antes de caerse por un acantilado. A continuación, aulló un sonoro «¡¡¡...YIIIIAAAA!!!» y salió volando hacia su mujer. Al llegar a su altura, le pegó un limpio y seco golpe de kárate al Mando que Janine tenía entre las manos y lo envió por los aires hasta el extremo opuesto de la estancia.

—¡ERIC! —gritó ella, alzando por fin la vista.

—¡PERDÓN! —se disculpó él al tiempo que su fofo cuerpo se desplomaba de modo repentino a los pies de su esposa.

—¡PAPÁ! —exclamó Ellie, que acababa de entrar en la cocina.

—¡MAMÁ! —añadió Fred, que también acababa de entrar en la cocina.

—¡¿QUÉ ESTÁIS HACIENDO?! —soltaron los dos al unísono.

La verdad es que tampoco esperaron mucho la respuesta, sino que sus ojos se posaron enseguida en el aparato mientras este salía volando en dirección a la ventana, tras la cual pudieron ver a Derek White, que se disponía a dar un paseo en coche.

En menos que canta un gallo, quedó claro lo que

estaba a punto de suceder: el Mando no solo iba a romper el cristal de la ventana, sino que, con la fuerza y la velocidad a la que había salido disparado, era evidente que iba a caer sobre la salida de coches de los Stone, rebotar en ella y acabar en mitad de la calle en el momento justo en que Derek sacara hacia atrás su enorme vehículo familiar, haciéndolo añicos bajo las ruedas.

Todo el mundo se dio perfecta cuenta de ello. Hasta le dio tiempo a Ellie de decir muy rápido:

—¡Fred! ¡Va a salir volando por la ventana, a rebotar sobre nuestra salida de coches y a acabar cayendo en mitad de la calle en el momento justo en que Derek saque hacia atrás su enorme vehículo familiar, haciéndolo añicos bajo las ruedas!

—¡Lo sé, Ellie! ¿Qué vamos a hacer? ¿Qué vamos a...?

—¡Anda! ¡No! ¡Ha chocado contra la pared y ha caído al suelo!

—Ah, vale —replicó Fred.

CAPÍTULO 35

La cajiclínica

—¡Oh, no! —exclamó Ellie una vez que ella y su hermano hubieron llevado de nuevo el Mando al único lugar en el que este se hallaba seguro: la sala de juegos.

Fred incluso le había puesto un post-it en la parte de atrás que decía visiblemente subrayado: «¡PAPÁ / MAMÁ, NO TOCAR!». Mientras habían estado discutiendo sobre si merecía la pena hacerlo, Ellie le recordó que siempre que dejaban notas de ese tipo (cosa que hacían a menudo) pegadas a los táper de comida del frigorífico que eran solo para ellos nunca servía de nada.

—¡Ahora parpadea más deprisa! —dijo ella de repente.

—¡La pulsera también! —añadió él.

Esta última había salido por fin de la muñeca de Eric gracias a que toda la familia, formando una fila como si estuvieran bailando la conga —con Ellie a la cabeza, después Fred y, por último, Janine— habían tirado de ella a la vez. De hecho, cuando consiguieron sacársela con un enorme ¡plop!, su padre no había podido evitar caerse de espaldas con brusquedad; igual que la fila de la conga al completo, que lo hizo en dirección opuesta.

Luego se había producido durante un buen rato un largo intercambio de opiniones en las que reinó el desconcierto acerca de lo que acababa de suceder. Eric había asegurado de forma insistente no tener ni idea de por qué se había puesto de pronto a dar vueltas dentro del fregadero ni a dar patadas de kárate alrededor de la gata. No obstante, Janine no tardó mucho en perder interés por el relato de su marido y en encender la televisión. Al cabo de unos instantes, el propio Eric perdió interés asimismo en hacerse escuchar por su mujer y dijo:

—¿Tenemos algo de picar en la nevera?

—¡Mamá y papá deben de haber consumido un montón de energía! —comentó Fred.

—Vale, tranquilicémonos —respondió Ellie—. Sí. Es muy posible...

—¡Pero la final es el próximo sábado!

—Vale, vale... Tenemos que conservar la que le queda y no volver a usar el Mando hasta el día del partido. No usarlo en absoluto.

Unos cuantos meses antes de que empezara todo este embrollo, *Margaret Arañatcher* había aparecido con un gorrión que acababa de atrapar. Cuando Eric consiguió, no sin dificultad, rescatar al pobre animal de las garras de la gata (logro que lo había obligado a estar corriendo un buen rato de un lado a otro y a pararse cada cierto tiempo para recuperar el aliento mientras *Margaret* ponía cara de «¿Cómo? No entiendo nada. ¿Cuál es vuestro problema? ¿Os traigo un regalo y me tratáis así?»), vio que el aterrorizado pajarillo había sufrido daños en una de las alas y que era incapaz de volver a echar a volar. Así pues, sus hijos le construyeron una especie de nido dentro de una caja de zapatos forrada con papel de seda y le dieron agua todos los días usando una pequeña probeta. Por sorprendente que parezca, sus cuidados acabaron dando resultado y el gorrión sobrevivió y pudo retomar el vuelo; eso sí, de un modo un tanto inestable.

Llamaron a la caja de zapatos la Cajiclínica. Y fue precisamente en la Cajiclínica donde pusieron el Mando y la pulsera, que parpadeaban más rápido que nunca. Ellie los depositó con solemnidad como si fueran reliquias sagradas o, mejor dicho, como si fueran seres vivos, igual que el gorrión.

Hecho esto, ambos se quedaron durante unos segundos sin saber qué hacer a continuación. Ya que estaban en la sala de juegos, ella sugirió que echaran una partida a alguno de los videojuegos que tenían... aunque solo fuera para que pasara más rápido el largo tiempo de espera que tenían por delante hasta poder volver a tocarlo. A pesar de ello, todos los intentos que hicieron por encontrar sus viejos mandos de la consola fueron en vano. Tanto el de Fred como el de su hermana parecían haber desaparecido por completo de la faz de la tierra. Y todo por culpa del Mando nuevo.

CAPÍTULO 36

Feliz Navidad, familia Stone...

La siguiente semana fue una auténtica tortura para los dos mellizos. No podían jugar a la consola y, a pesar de ello, tenían que estar todo el rato entrando en la sala de juegos para comprobar si las luces de ambos dispositivos se habían apagado del todo.

Pensando que a lo mejor podría servir de algo, Fred cogió un cronómetro y comenzó a medir los intervalos entre un parpadeo y otro; incluso llegó a acercarse el Mando al pecho y a contrastar los latidos del aparato con los de su propio corazón, el cual, por cierto, parecía acelerarse dependiendo de lo cerca que se hallara del objeto mágico.

Por su parte, Ellie se limitó a ver pasar el tiempo

asomada a la ventana de su habitación, y no tardó en ser consciente de que, a medida que el año se aproximaba a su fin, anochecía cada día un poquito más temprano. Esa circunstancia, pensó, debía hacer que los días transcurrieran más deprisa, cosa que tenía que jugar a su favor; en particular, teniendo en cuenta el estado de ánimo y ansiedad que ella, y en especial su hermano, atravesaban en esos momentos. Sin embargo, no fue así, y lo único que ocurrió fue que pasaron a tener la sensación de que el tiempo se les agotaba con cada hora que transcurría.

Por fin, al cabo de una semana —aunque a ellos les hubiera parecido más bien un año—, llegó el sábado.

—Déjame que lo compruebe solo una vez más —dijo Fred al tiempo que cruzaban la verja de entrada a Bracket Wood.[22]

Ellie, que llevaba entre sus brazos la Cajiclínica, suspiró con infinita paciencia.

—Pero la última, ¿eh? ¿Y si al exponerlo a la luz del sol se apaga?

---

22. A pesar de que era sábado, el colegio estaba abierto, porque era ahí donde habían quedado todos en reunirse para desplazarse en equipo a la final del Torneo de Invierno Interescolar de Bracket Wood y Alrededores.

—Ah, eso no se me había ocurrido...

A pesar de poner cara de «pues claro, soy yo siempre la que ha de pensar en todo», ella abrió la Cajiclínica y comprobó que, en el interior, las luces seguían intermitentes.

—¿Tú crees que aguantará hasta la hora del partido? —preguntó él.

—Seguro que sí —contestó su hermana a la vez que cerraba de nuevo la caja—. Ya casi hemos llegado. Mientras no gastemos ni una pizca hasta entonces haciendo ninguna...

—Vaya, vaya, vaya...

Ellie y Fred levantaron la vista.

—¿En serio? —soltó ella.

—Ya lo creo que sí —respondió Isla, con los brazos cruzados y una sonrisita maliciosa en el rostro que a Ellie no le dio ninguna buena espina, pues parecía sugerir que se había enterado de algo.

—No creo que os merezca la pena volver a enfrentaros con nosotros, Isla —replicó Ellie—. Ya hicisteis bastante el ridículo tú y tu hermano la última vez.

—¿Ah, sí? —dijo la pequeña Fawcett.

—Sí, tiene razón. Sí que lo hicimos... —añadió Morris, que también se hallaba de brazos cruzados.

—Cállate —lo interrumpió su hermana.

—Solo decía que sí —insistió él—. Sobre todo en la parte de los malabarismos...

—Pues fíjate... Yo no creo que ahora vayamos a hacer tanto el ridículo, ¿verdad, Morris?

A continuación, este movió muy despacio la cabeza de izquierda a derecha. Fred y Ellie fruncieron el ceño. No estaban muy convencidos de si Morris acababa de hacer aquello solo para hacerse el interesante o simplemente porque era incapaz de girar el cuello más deprisa.

—¿Por qué no? —preguntó Fred.

La sonrisita maliciosa de Isla fue haciéndose más y más grande hasta convertirse en una risa en toda regla; pero no una risa simpática, sino todo lo contrario. Acto seguido, miró a su hermano y le hizo un gesto de asentimiento, como si, de manera velada, le acabara de ordenar hacer algo.

Morris pareció comprender a la perfección aquella señal y, obedeciendo al instante, descruzó los brazos lentamente y dejó que vieran la pulsera negra que llevaba alrededor de su muñeca derecha.

—Feliz Navidad, familia Stone... —dijo Isla.

CAPÍTULO 37

Cargado al máximo

Fred y Ellie se quedaron perplejos. Un segundo más tarde, completamente boquiabiertos, como si fueran dos pececillos dentro de una pecera que se movieran sincronizados a la perfección en el agua, ambos volvieron la cabeza y miraron a Isla. Entonces, esta descruzó también los brazos y mostró lo que llevaba en la mano derecha: el Mando.

Bueno, no el Mando; no el Mando de nuestros protagonistas, sino otro igualito.

—¿De dónde has sacado eso? —preguntó Ellie.

La risa nada simpática de Isla se intensificó (de hecho, comenzó a acercarse de manera peligrosa a lo que podríamos llamar la risa de una completa maníaca).

—Sabía que algo pasaba con el mando ese con el que no parabas de jugar. Así que fui y les pregunté a unos amiguitos vuestros... La verdad es que tuvimos una charla muy interesante... Porque son amigos vuestros, ¿no? Esos superfrikis que están en segundo y tercero... ¿Cómo se llaman, Morris?

—Pues... uno de ellos, la chica, se llama como un color. Escarlata o algo así... Y el chico tiene apellido... galés, me parece. Escarlata y Tom Jones, creo.

—¡¡Lo siento, lo siento, lo siento!! —exclamaron a la vez Scarlet y Stirling que aparecieron de repente doblando la esquina (es muy posible que hubieran oído lo que decían).

—¡No queríamos contárselo! ¡Palabra de honor! —afirmó la pequeña.

—¡Es cierto! ¡No queríamos! ¡Pero nos amenazó con ordenarle a Morris que hiciera pedazos nuestros iPods!

—¡Pero si vosotros no tenéis iPods! —gritó Fred.

—¡Todavía no! ¡Pero sí cuando lleguemos a quinto!

—¡Para entonces, Morris ya habría acabado el cole! —les recordó Ellie.

En ese instante, se hizo un breve silencio.

—Ah... —dijo Scarlet—. En eso no habíamos caído...

—No —añadió Stirling—. Ni tampoco, ahora que

lo pienso, en que cuando lleguemos a quinto ya nadie usará el iPod, sino el Zen FlashPlayer o el TDK ScreenCircus, que están siendo desarrollados ahora mismo en beta por... ¡Ay!

Ese «¡Ay!» fue porque Morris acababa de soltarle un capirotazo en la ceja.

—Además... —continuó la pequeña—, vosotros tampoco quisisteis que os acompañáramos cuando os lo propusimos el otro día por Uovoo...

—Sí... —la secundó su hermano—. ¡A veces no estoy muy seguro de si de verdad os caemos bien!

Scarlet, viendo que Stirling comenzaba a hacer pucheritos, se puso a hacer lo mismo, solo que de forma un poco más exagerada si cabe.

Ellie y Fred se miraron entre sí.

—A ver, escuchad los dos... —dijo Ellie—. Por supuesto que nos caéis bien... No lloréis, ¿vale? Ya está. Nosotros...

—Ay, ay... Debo confesar que es una escena de lo más conmovedora... Pero, ahora, ¡largaos pitando...! ¿Cómo dijisteis que llamabais a estos dos, mis queridos Stone?

—¡iBabies! —exclamaron al mismo tiempo los dos iBabies envueltos por completo en lágrimas.

—Ah, sí... ¡¡Largaos pitando, iBabies!!

De modo que eso fue exactamente lo que hicieron

lo más rápido que fueron capaces. Fred y Ellie se quedaron cabizbajos, con gesto triste. No les gustaba nada lo que acababa de suceder.

—Y ahora, querida..., ¿por dónde iba? —continuó Isla, sonriendo de nuevo con maldad—. Ah, ya... Pues, como iba diciendo, siguiendo la información obtenida de vuestros íntimos amigos, fuimos a hacerle una visita al...

Justo en ese momento, Isla dirigió la vista hacia algún lugar que había a su espalda y añadió:

—... ¡¡aula de informática!!

Acto seguido, Fred y Ellie se dieron la vuelta y miraron hacia el edificio principal del colegio. En él había una ventana abierta. Y frente a la ventana, dentro de la habitación, la pequeña pantalla de un ordenador portátil. Y en la pequeña pantalla el rostro de un hombre que hacía aspavientos con ambos brazos, como intentado hacerles señas desde la distancia.

—Es más, esta mañana cuando nos pasamos... —continuó Isla—... él seguía en la pantalla...

—¡El Hombre Misterio! —exclamó Fred.

—Sí —replicó la pequeña Fawcett—. Y vaya si estaba contento con vosotros dos... No sé qué decía de que no habíais apagado el ordenador...

Ambos se miraron avergonzados sintiéndose un poco culpables.

Luego, Isla puso cara de «¡oh, oh!» y, seguidamente, moviendo hacia abajo de modo sarcástico su labio inferior, adoptó una expresión como de «qué vergüenza...».

—Bueno, el caso es que le dimos nuestra palabra, ¿verdad, Morris?, de que nosotros sí que apagaríamos bien el ordenador... si nos conseguía un mando como el vuestro.

Fred y Ellie se miraron entre sí igual que antes.

—¿Esta mañana? ¿Y cómo os ha llegado tan pronto? —preguntó ella con gesto de extrañeza.

—Ni idea. ¿Cuánto os tardó a vosotros?

—¿No tuvisteis que ir a casa a recogerlo? —preguntó Fred.

—Esta es nuestra casa, estúpidos mellizos —respondió Isla—. Nuestro padre es el director. Nosotros vivimos aquí.

Ellie volvió a mirar en dirección a la ventana. El rostro de la pantalla había dejado de hacer aspavientos con los brazos y ahora parecía estar, sin más, abatido.

—¡Pero si no habéis apagado el ordenador...! —exclamó ella dándose la vuelta otra vez hacia los otros.

Isla puso cara de «sí, lo que tú digas, vale...».

—Sí lo que tú digas, vale... Ahora... —replicó levantando su Mando a la altura de los ojos de los dos mellizos—... ha llegado la hora de ponerse manos a la obra.

Ellie respiró hondo.

—Mira, Isla..., Fred está como loco por jugar ese partido. Y el equipo del colegio está como loco por que lo juegue. No hemos ganado desde hace diez años. Además, al nuestro le queda poco tiempo de vida y... ¿por qué no somos amigos?

Isla negó con la cabeza.

—Vale, ya me imaginaba que tu respuesta sería esa... Bueno, te lo diré de otra forma... ¿Por qué no pasamos de esto y ya está? ¿O lo posponemos para la semana que viene? ¿Para después del partido?

La risita maliciosa de Isla llegó a su cúspide. Por un segundo incluso llegó a parecerse al Joker de *Batman;* si es que se puede, como es lógico, comparar al Joker de *Batman* con una niña molesta y precoz de once años.

—Lo siento. Me temo que no he oído la mayor parte de lo que acabas de decir. De hecho, las únicas palabras que he entendido han sido: «Al nuestro le queda poco tiempo de vida». Algo muy interesante, por cierto, desde nuestro punto de vista, puesto que, como ya sabes, a nosotros acaban de traérnoslo. Y está... —continuó Isla volviéndose justo en ese instante hacia su hermano, el cual alzó el brazo mostrando el ritmo acompasado y perfectamente regular de la luz azul de su pulsera negra—... ¡¡¡cargado al máximo!!!!

Fred y Ellie se miraron entre ellos. Era evidente que no tenía sentido intentar razonar con ella.

—Muy bien... —contestó Ellie mientras abría apesadumbrada la Cajiclínica.

CAPÍTULO 38

Morris, el GMLLDTLDPCDLC

Un minuto más tarde, las dos parejas se pusieron en fila frente a frente: Morris y Fred primero, y luego Isla y Ellie detrás cada uno de sus respectivos hermanos. Los Mandos estaban listos.

—Muy bien —dijo Ellie—. A la de tres empezamos. Uno... dos....

—¡Bah! ¡A la porra con eso! —exclamó la pequeña Fawcett al tiempo que, sin esperar, pulsaba a la vez el botón dorado y el plateado y movía bruscamente el *joystick* hacia arriba.

En ese momento, Morris pegó un salto. Fred esperaba que su rival se lanzara hacia él, ya fuera con los pies o con los puños por delante, dibujando un arco en el aire. No obstante, en su lugar, lo que hizo fue empezar a girar sobre sí mismo a toda velocidad y mantenerse elevado vuelta tras vuelta como si fuera un molinillo. Conforme lo hacía, su cuerpo se fue recubriendo de una poderosa armadura consistente en una rejilla de metal que le tapaba el rostro a modo de máscara, una cota de malla de bronce en el pecho y lo que parecía ser una falda larga de color negro.

En realidad, esta última prenda hizo que Fred se echara a reír; sin embargo, cuando Morris acabó por aterrizar ante sus narices y sacó, como broche final a su cambio de indumentaria, una espada de bambú tan alta como él, aquello no le pareció tan divertido... De hecho, lo que le pareció es que era clavado al...

—¡¡KENDO!! —le gritó a Ellie, que estaba a su espalda—. ¡Se ha transformado en un guerrero kendo!

—¡Ya lo veo!

—¡¿Puedes ponerme a mí igual?!

Ella comenzó a presionar los botones de su Mando de manera frenética.

—¡No! ¡No puedo! ¡No le queda suficiente energía! ¡Además, no sé cómo hacerlo! ¡Tendrás que...!

No tuvo tiempo de explicarle qué era lo que debía hacer, ya que Morris se estaba dibujando un círculo a su alrededor con su arma de bambú,[23] preparado

23. De hecho, tiene un nombre; se le llama *shinai*.

para atacar. Siguiendo su instinto, movió el *joystick* hacia un lado y Fred, en un abrir y cerrar de ojos, se movió hacia un costado esquivando por una milésima de segundo el primer golpe de su enemigo. Lo mismo sucedió cada una de las veces siguientes en que este intentó golpearlo con todas sus fuerzas. ¡ZAS! ¡FIUM! ¡ZAS! ¡FIUM!, sonaba una y otra vez al cortar el aire el inmenso báculo.

Isla puso cara de frustración y comenzó a retorcer enfadada el *joystick* de su Mando. Entonces, su her-

mano encaró de nuevo a su escurridizo oponente y levantó, en esta ocasión, con ambas manos y muy por encima de su cabeza, el *shinai*. Los pulgares de Ellie reaccionaron a toda velocidad. Fred se agachó con rapidez y sacó la pierna lanzando una patada rasa que hizo que su adversario cayera desplomado al suelo. Acto seguido, mientras soltaba un gran «¡¡¡KIAAAAAAA!!», y con la intención de aterrizar sobre la coronilla de su abatido rival, pegó un brinco en el aire con los pies juntos. Pero Isla también tenía dedos ágiles y veloces, y el vuelo en picado al que se había lanzado Fred se vio detenido en seco y de forma dolorosa por el puño de Morris, el cual, envuelto en un guante negro, surgió de abajo arriba y golpeó de lleno a su contrincante evitando que este se le echara encima.

¡PUM!

Fred salió despedido por los aires hasta la otra punta del patio del colegio.

—¡UFF! —gimió dolorido al tiempo que chocaba con los toboganes del área infantil.

Después de incorporarse despacio y con cautela, echó una ojeada a su alrededor y se percató de que había perdido de vista a Morris, el guerrero kendo. «A lo mejor se ha rendido», pensó. Y en ese instante se dio cuenta del verdadero motivo, y con mucho menos optimismo, se dijo a sí mismo: «Esa es la razón por la que no veía a Morris, el guerrero kendo; porque se ha transformado y viene ahora derecho hacia mí convertido en Morris, el gigantesco, musculoso y lleno de tatuajes luchador de la coleta de *Pressing Catch*».

—¡¡¿Qué está pasando?!! —volvió a gritarle a su hermana, la cual iba corriendo hacia él moviendo el Mando en el aire.

—¡Ha activado un personaje diferente! —exclamó ella—. ¿En serio puede hacer eso? ¿No habría que empezar una nueva partida?

—¡¡¡Cállate y defiéndete!!!

Ellie vio como el gigantesco, musculoso y lleno de tatuajes luchador de la coleta de *Pressing Catch* se acercaba hacia su hermano a toda velocidad con los brazos estirados y los puños por delante.

—Aunque ahora que lo pienso... —se dijo de repente a sí misma.

Entonces, apretó el botón de ámbar y movió con rapidez el *joystick* hacia un lado. Justo a tiempo, ya que en el preciso instante en que Fred iba a ser arrollado por su enemigo, su hermano pegó un brinco y Morris, el GMLLDTLDPCDLC,[24] pasó a toda pastilla por debajo de él.

24. ¿Lo veis?

Ahora bien, una de las particularidades que tiene ser dirigido por un Mando megacontrolador es que, a pesar de que te permite hacer una inmensa cantidad de cosas que normalmente serías incapaz de hacer —me refiero en lo que respecta a saltar y a pelear, incluso a cambiar de aspecto físico—, no dejas de seguir siendo, a cierto nivel, tú mismo. Lo que quiere decir que, a pesar de que se encontrara transformado en Morris, el guerrero kendo o en Morris, el GMLLDTLDPCDLC, seguía siendo el mismo Morris de siempre; o sea, un idiota como la copa de un pino.

Es muy posible que esa fuera la razón por la que continuó corriendo sin darse cuenta de lo que había ocurrido hasta diez segundos más tarde de que Fred hubiera saltado por encima de él; y también la razón por la que, esta vez, fue él quien, con los puños por delante, acabó estrellándose contra la zona de los columpios. Además, sus enormes brazos se quedaron atascados dentro de los agujeros cuadrados de la escalera de red que había junto al tobogán.

—¡¡Aaaarrggghhhh!! —gruñó con el tono grave que uno esperaría de un gigantesco, musculoso y lleno de tatuajes luchador de la coleta de *Pressing Catch*.

A continuación, intentó sacar los brazos (se veía cómo las venas del bíceps estaban a punto de reventarle) y volvió a soltar varias veces más el mismo «¡¡aaaarrggghhhh!!», pero no le sirvió de nada.

Ahí estaba Morris, el gigantesco, musculoso y lleno de tatuajes luchador de la coleta de *Pressing Catch,* atrapado en el área infantil para niños de primaria...

Enseguida, Ellie se acercó a su hermano, el cual se encontraba no muy lejos agachado en cuclillas después de haber aterrizado sano y salvo de su gran salto.

—¡Bien hecho! —dijo ella.

—¡Bien hecho, tú! —replicó él—. ¿Qué? ¿Le queda algo de vida al Mando?

Su hermana miró la luz del dispositivo.

—Un poco, creo. Venga... ¡vamos al partido!

—¡Esperad un minutito! —proclamó de pronto una voz detrás de ellos; la de Isla, por supuesto—. A diferencia de lo que sucede con vosotros, en nuestra pareja de mellizos, a pesar de que él sea, como es obvio, el más tonto de los dos, no es al chico al que se le dan mal los videojuegos. De hecho, yo diría que se le dan tan bien como a su hermana...

—Gracias, Isla —farfulló Morris medio de espaldas, pues seguía aprisionado en los columpios.

—No hay de qué, Morris —contestó ella.

Al cabo de un segundo, se acercó hasta su hermano, desenmarañó un poco la red de la escalera en la que este había quedado inmovilizado, le quitó la pulsera de la muñeca y le dio el Mando. A pesar de que no podía mover los brazos, las manos de Morris pudieron agarrar el aparato y disponerse a operar con él aunque fuera en una posición tan incómoda. Acto seguido, Isla se volvió hacia Ellie y Fred y, muy despacio —la verdad es que recreándose de manera exagerada en la trascendencia del momento—, se colocó la pulsera en la muñeca.

—Isla, no... —dijo Ellie.

La pequeña Fawcett contempló con frialdad a su competidora.

—¿Sabes? No eres la única a la que le gusta cambiar de *look*... —soltó—. ¡Morris!

En ese instante, su hermano comenzó a apretar los botones del Mando. Y fue entonces cuando Isla... se metamorfoseó.

CAPÍTULO 39

¡Soy Karabuki!

Allí mismo, delante de los ojos de Ellie y Fred, Isla comenzó a cambiar de aspecto. A la vez que iba ganando en altura, sus músculos se fueron ensanchando y su ropa transformándose por completo. En un visto y no visto, pasó a llevar unas botas blancas de guerrera por encima de la rodilla, unos leotardos ajustados de color azul y una casaca sin mangas cubierta de símbolos orientales. Por otro lado, la melena se le fue acortando hasta quedar recogida en dos moños trenzados laterales; y las manos, cerradas en dos puños, se le cubrieron de unos largos guantes negros (¡¡¡¡CON TACHUELAS DE METAL EN LOS NUDILLOS!!!!) y aumentaron hasta tres veces su tamaño normal.

Fred se quedó contemplando ensimismado —y aterrorizado— todo el proceso. Cuando este hubo acabado, miró a su hermana.

—Isla... —dijo Ellie otra vez tratando de ser razonable—. No hagas eso...

—Yo ya no soy Isla —respondió la pequeña Fawcett—. ¡Soy... KARABUKI!

Ellie suspiró.

—Muy bien, pues, Karabuki. No hagas eso...

Sin embargo, no obtuvo respuesta alguna. Entonces, Morris presionó un par de botones y Karabuki comenzó a dar vueltas y vueltas sobre sí misma al tiempo que iba lanzando una sucesión de fulgurantes patadas que la hicieron salir propulsada como un tornado hacia el asustado rostro de Fred.

—¡ELLIE! ¡NO HACE CASO! —exclamó este.

—¡YA LO VEO! —contestó ella volviendo a agarrar, en el momento justo, el Mando con ambas manos. En ese mismo instante, su hermano, a pesar de seguir muerto de miedo, empezó a bloquear cada uno de los golpes que le dirigía su enemiga con una serie de hiperrápidos puñetazos defensivos.

¡PUM! ¡PLAC! ¡PUM! ¡PLAC! ¡PUM! ¡PLAC!

Los pies de Karabuki y las manos de Fred acabaron formando una nube borrosa y enmarañada.

Al cabo de veinte segundos de dicha maraña informe y desdibujada, se separaron por fin y se quedaron cara a cara a una distancia de tres metros el uno del otro.

—¡¡AAAAAAAAJJJJAAAAA!! —gritó Isla de repente mientras pegaba un salto y describía en el aire un arco en dirección a su oponente.

—¡¡JIIIIIIAAAAAAAAAAA!!—replicó este pegando también un salto y describiendo asimismo un arco en el aire en dirección a ella.

Fue precisamente en el punto más alto del mencionado arco donde los dos combatientes se encontraron de nuevo. Bueno, encontrarse quizá no sea la palabra más adecuada para definir lo que pasó entre ellos. Sería más correcto decir que... chocaron; o más bien que colisionaron, igual que hacen los asteroides, asteroides con brazos y piernas reconvertidas en armas mortíferas que se movían a la velocidad del rayo, como las cuchillas afiladas que solían poner en las carreras de cuádrigas los antiguos romanos en las ruedas de sus carros.

El estruendo resultante de la colisión entre ambos es casi imposible de describir con palabras. Puede que lo que viene a continuación sea la única manera eficaz de hacerlo:

¡¡¡¡¡¡JIAAARRFIUMMSPLASZUMCRAC FIUMBLUMMCLACTONGTONGGGGGMMMMM MMCLAC**PLAF**PLAFPUÑOZASPUÑOZAS PATADAPUÑOZAS-AY**PANG!!!!!!!**

A esta amalgama de ruido habría que añadir los pequeños sonidos de fondo, casi imperceptibles entre tanto follón, de los pulgares de Morris y los de Ellie dándole superdeprisa a los botones de sus respectivos Mandos.

Durante un buen rato, podría decirse que los dos luchadores se anularon entre sí. Sin embargo, Fred era el que estaba más cansado; igual que Ellie era la que estaba más cansada; igual que el Mando (su Mando) era el que estaba más cansado.

Al final, un gancho aislado de Karabuki impactó bajo la barbilla de su rival y lo hizo caer de golpe desde las alturas y aterrizar de espaldas contra el pavimento; más en concreto, sobre una superficie particularmente dura del patio del colegio que, por la falta de fondos habitual en Bracket Wood, aún no habían recubierto con ese tipo de suelo más blando y más bonito que antes os he comentado.

Ellie salió corriendo en dirección a su hermano, que acababa de quedarse tirado y permanecía inmóvil. Sin moverse lo más mínimo...

—¡Fred! —exclamó ella—. ¡Fred!

De repente, oyó a su espalda el sonido de unos pies, unos pies embutidos en botas de amazona que se posaban con suavidad sobre el pavimento.

—Muy bien, Isla... —dijo Ellie sin apartar ni un segundo la vista de su hermano.

—¡SOY KARABUKI!

—Sí, vale, lo que tú quieras... Tú ganas. Ahora déjanos en paz.

Karabuki asintió con la cabeza y afiló la mirada.

—Puede que lo haga o puede que no...

Haciendo caso omiso del dramatismo que impregnaban las palabras de Isla, Ellie se centró, preocupada, en Fred, el cual tenía los ojos cerrados.

Hasta ese momento, cada vez que su hermano hacía todas esas cosas que era capaz de hacer gracias al poder del Mando, nunca había dado la impresión de que pudiera llegar a sufrir daño alguno, aunque saltara desde lo alto de un tejado o desde la copa de un árbol. Siempre parecían haberlo protegido los poderes de la pulsera. No obstante, en aquella ocasión Ellie ni siquiera estaba segura de que continuara respirando...

CAPÍTULO 40

Sobrecargado de energía

En ese momento, Ellie recordó algo que se puede hacer para saber si alguien respira o no.

Cogió el Mando y le dio la vuelta. Todavía podía apreciar el reflejo de su propia imagen en la reluciente tapa metálica que había detrás; el reflejo en este caso no ya de Ellicienta sino de la Ellie normal y corriente, la de toda la vida. Bueno, da igual, tampoco podía permitirse contemplarlo mucho tiempo... Rápidamente, colocó la tapa delante de la boca y la nariz de Fred (esa boca y esa nariz que tan similares eran a las suyas) y aguardó.

Aguardó un segundo, pero nada.

Aguardó otro segundo, pero nada aún.

De pronto, sintió cómo el estómago se le encogía

en un temor espantoso. Por unos instantes, deseó no haberse topado nunca con el Mando; de hecho, deseó incluso no haber jugado jamás a la consola. Fue entonces cuando hizo la promesa —se supone que a Dios, aunque en realidad no creyera mucho en Él— de, a cambio de que a su hermano no le pasara nada grave, desentenderse de todo lo relacionado con los videojuegos para siempre y...

Por suerte para ella, al final no necesitó verse obligada a concluir su juramento, ya que, antes de que pudiera decir para sus adentros las palabras «... para siempre», una diminuta mancha hizo acto de presencia sobre la reluciente tapa metálica hasta acabar convirtiéndose en un círculo perfecto de vaho.

—¡Fred! —exclamó Ellie—. ¡Di algo! ¡Dime algo para que sepa que no te pasa nada!

—¡Se está cargando! —respondió Fred.

—¿Qué?

Fred tenía ya los ojos abiertos de par en par y estaba completamente consciente, completamente espabilado y completamente aterrorizado de nuevo.

—¡Isla! —gritó él.

—¡KARABUKI!

—¡Karabuki! ¡Se está cargando! ¡Para hacer una onda vital!

No le hizo falta darse la vuelta para saber qué era lo que quería decir su hermano.

Morris seguía atrapado en la escalera de red de los columpios. A pesar de ello, sus dedos volaban gráciles y precisos de un botón a otro del Mando. Isla Karabuki estaba agazapada, con una rodilla en tierra. Tenía los puños, cubiertos por guantes negros, apoyados contra el suelo, y un montón de chispas burbujeantes de color azul y blanco saltaban a su alrededor. Unas chispas que iban haciéndose cada vez más y más grandes y que chasqueaban cada vez más y más fuerte hasta acabar pareciendo un enorme generador eléctrico sobrecargado de energía.

—¡¿Qué vamos a hacer?! —dijo Fred.

—¡No lo sé! —respondió su hermana.

—¡¡JJJJJJIIIIIIIIYYYYYYYYAAAAAAAA!! —gritó Isla Karabuki levantando los puños y apuntando con ellos a los dos mellizos Stone.

Conforme lo hacía, las chispas que habían ido creciendo y borboteando alrededor salieron despedidas a la velocidad del rayo (bueno, más bien a la del relámpago, pues eso es lo que eran) en dirección a Fred y a Ellie.

¡BRUUUUUUUM!

CAPÍTULO 41

...

Cuando sucede algo así —es decir, cuando la supermatona del colegio comienza a dispararte relámpagos con los puños—, no hay mucho tiempo para reaccionar; siendo sinceros, ni siquiera lo hay para pensar.

A pesar de ello, justo antes de la primera andanada, Ellie vio por el rabillo del ojo que alguien les hacía señas con la mano. No era otro que el Hombre Misterio desde el aula de informática (la cual, dicho sea de paso, parecía estar, en aquellos instantes, muy lejos).

Es posible que solo intentara recordarles: «¡Eh, vosotros! ¡Todavía no habéis apagado el ordenador!». En cualquier caso, lo que consiguió es que a Ellie le viniera en ese momento algo a la cabeza. Algo que, precisamente, les había dicho el Hombre Misterio en una de las innumerables ocasiones en que se ponía a usar ese tono misterioso tan exagerado:

«Siempre hay dos versiones
de una misma historia.»

Aquello puede que no significara nada en especial, igual que otras cosas que había dicho parecidas como: «Muchos pocos hacen un mucho» o «Culo de mal asiento nunca acaba nada y empieza ciento»; no obstante, por alguna extraña razón, mientras el relámpago iba directo hacia ellos y las manos del Hombre Misterio asomaban por el rabillo de su ojo, la idea de que siempre hay dos versiones de una misma historia pasó a tener sentido para Ellie.

Rápidamente, con esos ágiles dedos que tanta experiencia habían acumulado durante años en la sala de juegos con todo tipo de consolas, le dio la vuelta en el aire al Mando y se escudó detrás de él esperando que la reluciente tapa metálica reflectara el relámpago.

Acto seguido, los dos, Fred y ella, cerraron con fuerza los ojos y se limitaron a confiar en que todo saliera bien...

CAPÍTULO 42

Ya me encuentro mejor

Según el testimonio de un buen número de alumnos que estaban allí presentes en el momento de la pelea, lo que ocurrió a continuación fue una especie de alucinante fenómeno natural, como una aurora boreal, una supernova o una bola de fuego solar. Visto desde cierta distancia —por ejemplo, el despacho del señor Fawcett; sitio desde el que este observó lo que pasaba un tanto desconcertado por todo aquel estruendo—, fue como si una tormenta eléctrica de una violencia impresionante acabara de desatarse repentinamente sobre una pequeña zona del patio del colegio. Una tormenta eléctrica en la que los relámpagos iban en ambas direcciones a la vez.

«Humm... —pensó el director del centro—. Tengo que hablar con el señor Palmer acerca de esto. Él es quien enseña todas esas cosas de ciencias y demás.» Luego, se apartó de la ventana.

Por suerte para él, de lo que no se percató es de que fue a su propia hija, transformada en una implacable mercenaria especialista en artes marciales, a la que golpeó y absorbió por espacio de unos diez segundos aquel relámpago que venía rebotado de alguna parte; y de que fue ella también quien gritó a pleno pulmón «¡¡¡AHHHHHHHHH!!!», al salir despedida hacia atrás hasta el otro extremo del patio de recreo.

—¿Karabuki? —dijo Morris desde la escalera de red de los columpios.

Por supuesto, seguía sin poder volverse del todo, de modo que no fue consciente de que lo que acababa de suceder era que su hermana había chocado de espaldas contra la reja del colegio: «Arrgh... Creo que... vuelvo a ser Isla...», la oyó decir.

En efecto, así era. Por fortuna para ella (o sea, para Isla), justo antes de volver a su forma originaria, la potente constitución física del cuerpo de Karabuki le había permitido soportar la fuerza del impacto. Por desgracia para ella (sigo refiriéndome a Isla), aquello significaba que la pelea había llegado a su fin y que

Karabuki se rendía. En un abrir y cerrar de ojos, la especialista en artes marciales se desvaneció y dejó en su lugar el cuerpo de una niña de once años despatarrado en el suelo. No es que estuviera herida de gravedad, pero sí que era cierto que acababan de darle un severo correctivo.

Entonces Ellie se acercó a Morris, que no paraba de llorar.

—Me he quedado atascado... —afirmó este entre sollozos—. ¡Mi gigantesco y musculoso cuerpo lleno de tatuajes se me ha quedado atascado! ¡Buaaa...!

—No, señor —replicó ella—. No es así.

Acto seguido, y sin demasiado esfuerzo, tiró de él y lo sacó sin problemas de la escalera de red. También su avatar había desaparecido como por arte de magia, solo que el pobre aún no se había dado cuenta.

—Ah... —dijo él.

En aquel momento, Ellie se fijó en el Mando que el chico sostenía en la mano y vio que la luz era negra; pero no negra como si estuviera apagado sin más, sino como si el aparato se hubiera chamuscado.

—Lo mejor será que vayas y le eches una mano a Isla.

—Sí —asintió Morris—. Será lo mejor...

Estaba ya dándose la vuelta para ir en ayuda de

su hermana cuando de pronto se detuvo y miró a Ellie.

—Gracias, por... ayudarme...

—No pasa nada.

El mellizo Fawcett asintió muy despacio con la cabeza, como si hubiera adquirido, puede que por primera vez, un conocimiento más profundo de la vida, y salió corriendo hacia donde estaba tirada Isla.

—¡Ey! —exclamó una voz al lado de Ellie.

Esta se volvió y vio que era Fred.

—¡Ey! ¡Eso digo yo! ¿Estás bien?

—Bueno... Ya me encuentro mejor, la verdad... Lo bastante como para poder seguir... ¡jugando al fútbol!

Su hermana se lo quedó mirando, intentando dilucidar hasta qué punto aquello que decía era cierto. A continuación, bajó la vista hacia el Mando y la pulsera. Las dos luces seguían latiendo... débilmente...

—Muy bien —replicó ella sin mucha convicción.

PARTE 3
NIVEL MÁXIMO

CAPÍTULO 43

Una plantilla grande de cartón

—¡Fred! ¡Ellie! —gritó Janine Stone levantándose de delante de la televisión en cuanto aparecieron los títulos de crédito de su programa favorito—. ¿Dónde estáis?

—Me parece que... Fred comentó algo esta mañana sobre no sé qué partido de fútbol... —dijo Eric.

Su voz sonaba un tanto lejana y amortiguada, y al principio su esposa no supo muy bien de dónde procedía. Luego se dio cuenta.

—¿Qué haces ahí dentro, Eric? —preguntó ella mientras abría la puerta de la sala de juegos.

—Ah, pues no lo sé muy bien, Janine... Les pedí a los chicos que escribieran una lista con los regalos que querían por Navidad, pero, por lo visto, todavía no se han puesto a ello, así que pensé en echar una ojeada por aquí a ver qué clase de cosas les gustan...

Janine miró a su alrededor.

—Está bien claro qué clase de cosas les gustan...

De repente, sus ojos se posaron en algo en concreto que, por increíble que pudiera parecer, no tenía nada que ver con los videojuegos. Sujetando bien a *Margaret Arañatcher* bajo el brazo para que no se le cayera, se agachó para recogerlo.

—Cielos santo... —dijo—. ¿Qué hace esto aquí? Creía que la habían tirado a la basura hace años.

—¿Qué es?

—Una plantilla grande de cartón. Se la compré a Fred para que aprendiera a atarse los cordones de los zapatos.

—Ah... — replicó su marido—. Pues no lo ayudó mucho, ¿no?

Janine negó con la cabeza y respondió:

—No... Aún sigue necesitando que alguien lo ayude, ¿verdad?

—Sí —contestó él—. Sobre todo, Ellie...

Ella asintió.

Un segundo más tarde, se miraron uno al otro.

Y se sintieron culpables.

—¿A qué hora empezaba el partido? —preguntó Janine.

CAPÍTULO 44

El Torneo de Invierno Interescolar de Bracket Wood y Alrededores

El Torneo de Invierno Interescolar de Bracket Wood y Alrededores era un nombre de lo más molesto para denominar a una competición de la que precisamente Bracket Wood nunca había salido campeón.[25]

Con que tan solo lo hubieran llamado Gran Campeonato de Fútbol Escolar Infantil o Copa FA de Alumnos de Primaria habría resultado mucho menos ridículo. Porque que Bracket Wood diera nombre

25. Lo que era todavía más molesto es que, de hecho, este año se llamara Torneo de Invierno Interescolar «Grandes Extensiones» de Bracket Wood y Alrededores, ya que, en la presente ocasión, estaba patrocinado por un peluquero local. Dentro de unas cuantas páginas sabréis a quién me estoy refiriendo...

a la competición —al ser el colegio más grande que había en la zona y, más en concreto, al ser el único que llevaba el nombre por el que a esta se la conocía— hacía, como os digo, que el no haberla ganado nunca fuera algo aún mucho más embarazoso de lo normal. Para ser más exactos, ni siquiera habían llegado nunca a clasificarse para la final.

De hecho, el torneo, que iba ya por su décima edición, lo había ganado siempre, año tras año, el Oakcroft, un colegio mucho más pequeño situado a unos tres kilómetros de Bracket Wood. Uno podría pensar que al ser mucho más pequeño les sería difícil alinear en el campo un buen once inicial. No obstante, lo que ocurría es que también era un colegio privado y, por lo tanto, tenía más dinero. Y tener más dinero significaba mejores servicios: mejores instalaciones deportivas, mejores campos, mejores equipaciones y, sobre todo, mejores entrenadores. No en vano su entrenador había sido toda la vida Mike McTaggart, de quien se rumoreaba que había formado parte del banquillo del Liverpool en los tiempos en los que Alan Hansen jugó en el primer equipo.

A decir verdad, los chicos del Oakcroft se habían vuelto un poco engreídos y estaban muy seguros de que iban a ganar el Torneo de Invierno Interescolar de Bracket Wood y Alrededores. Lo mismo le ocurría al propio Mike McTaggart, quien, el año pasado, tras derrotar al Geary Road por siete a cero, dijo al recibir la copa: «¡Tres hurras por los perdedores!»; sin embargo, un buen número de asistentes declararon haberlo visto riéndose mientras lo decía, y no en plan de buen rollo sino de cachondeo.

En cualquier caso, en esta ocasión, teniendo en cuenta que jugaban contra los mantas del Bracket Wood, no había duda de su actitud chulesca y arrogante, así como de la seguridad que mostraban de que iban a ganar con facilidad. Para empezar, llegaron tarde al partido: se suponía que este comenzaba a las tres y no se presentaron en el campo hasta las tres menos cuarto. Fred y Ellie, que aparecieron también con retraso, hicieron acto de presencia a la misma hora (aunque ellos no por ir de sobrados, sino por la lucha sin cuartel en la que se habían visto envueltos contra los matones del colegio, los cuales se habían transformado en luchadores de artes marciales).

—¡Madre de mi vida! —oyeron como decía uno de los chicos del Oakcroft—. ¡¡Deben de estar real mente desesperados!!

—Sí —añadió otro—. Yo ya sabía que eran malísimos, ¡pero no sabía que llegaban incluso a alinear a frikis en el equipo!

—¿La chica también juega?

—¡Qué más da que lo haga! ¡Si son casi iguales!

—¡Ja, ja, ja!

Fred decidió ignorarlos. En particular ese último «ja, ja, ja» que tan estúpido le había parecido; en realidad, ni siquiera se podía considerar aquello una risa, sino más bien uno de ellos soltando un «ja, ja» y luego el otro añadiendo un nuevo «ja». Sin embargo, Ellie parecía inquieta por algo.

Su hermano estaba punto de preguntarle qué le ocurría y de decirle que no se preocupara por lo que esos imbéciles del Oakcroft pudieran pensar, cuando, de pronto, se quedó mirando el terreno de juego donde se iba a jugar el partido.

La final del Torneo de Invierno Interescolar «Grandes Extensiones» de Bracket Wood y Alrededores no se iba a disputar en el campo de fútbol del Bracket Wood, ya que, como sabéis, este no era más que un parque de medio pelo lleno de socavones.

En su lugar, se llevaría a cabo en los campos de Broom Hill, que eran los mejores que había en la zona y que, daba la casualidad, pertenecían al colegio... del Oakcroft. Esta circunstancia convertía pues el encuentro:

a) básicamente, en un partido que se jugaba en casa del Oakcroft;

b) en algo todavía más humillante para Bracket Wood, ya que, aparte de que el trofeo llevara su nombre sin que estos lo hubieran ganado jamás ni hubieran siquiera llegado nunca a la final, habían de disputarlo en el campo de su rival, pues el suyo no reunía las condiciones necesarias para la celebración del evento; y

c) en algo todavía más enojoso, ya que el Oakcroft, pudiendo haberse desplazado a pie sin ningún problema hasta los campos, pues estos no distaban más de un kilómetro de su colegio, llegó nada más y nada menos que en un autobús escolar habilitado de manera especial para el equipo. Ellos, en cambio, habían tenido que hacerlo andando desde Bracket Wood, que estaba a casi tres kilómetros. Se suponía que, en una ocasión así, también ellos usarían su propio autobús escolar; sin embargo, este se encontraba en el garaje... desde el año 2003.

Justo en medio del recinto deportivo, entre los dos campos de fútbol de la derecha y los de la izquierda —en total había cinco—, se situaba el más importante y grande todos: el Campo de Fútbol N.º 1 del Colegio Oakcroft. De hecho, era el único que tenía gradas todo alrededor, igual que los de verdad.

Cuando Fred y Ellie llegaron al lugar, lo primero en lo que se fijaron no fue en si el césped estaba bonito y bien cortado, ni tampoco en el blanco recién pintado de las líneas del terreno de juego, ni siquiera en los banderines de córner que ondeaban en las cuatro esquinas como..., bueno, como banderines de córner y no como las tres ramas secas y un jersey viejo que era lo que ponían en Bracket Wood... Fue en lo abarrotadas que estaban las gradas. Era una auténtica multitud la que se había juntado allí para presenciar el partido.

Como es lógico, una buena parte era gente del Oakcroft y familiares de los alumnos, a los cuales se distinguía con facilidad y rapidez por el color granate que inundaba una de las graderías de gol. Como ya os comentamos al principio, muy pocos chavales de Bracket Wood, salvo Fred y Ellie,[26] se ponían el uniforme escolar, de modo que, entre las personas que habían ido a animar a su equipo, apenas se veía el verde que lo caracterizaba. Todo lo contrario sucedía en Oakcroft, donde nadie dejaba de vestirse con el suyo (un uniforme granate muy pijo, casi púrpura, del mismo color que el autobús en el que aparecieron

26. Y un chico en particular que se llamaba Gerald y que era un bicho raro.

los chicos... Sí, el autobús escolar del Oakcroft estaba pintado a juego con la vestimenta de sus alumnos). Asimismo, tenían también su propio escudo del colegio —un león pavoneándose orgulloso encima de tres espadas—, el cual, por supuesto, lucían los jugadores en sus camisetas y los aficionados en sus bufandas. Precisamente en aquel momento, muchas de esas bufandas ondeaban ya al viento en las gradas donde se hallaban situados los seguidores del Oakcroft, mientras estos entonaban su famoso himno escolar:

Oakcroft... Oakcroft...
¡Somos ases del balón!
Oakcroft... Oakcroft...
¡Entrar aquí cuesta un montón!

En el lado opuesto del campo, sin estar representado por ningún color en especial y sin cantar tampoco ningún famoso himno escolar (porque no tenían ninguno), se encontraban los aficionados del Bracket Wood. Fred y Ellie dirigieron su mirada hacia allí y distinguieron entre el gentío al señor Barrington, al señor Fawcett, a Scarlet y a Stirling, a Isla y a Morris y también a una persona que había en las últimas filas de arriba...

—¿Es quien yo creo que es? —preguntó él aguzando la vista para ver mejor.

—No lo sé muy bien... —respondió su hermana haciendo lo mismo.

Entonces, un sonido procedente de la multitud a la que escudriñaba llegó hasta sus oídos. Era la voz de un hombre que se quejaba:

—Es un partido de fútbol. Deberían tener bocadillos de beicon. ¡O por lo menos perritos calientes!

—Anda, cállate, Eric. Estás quedando como un idiota...

CAPÍTULO 45

El próximo partido

—¡Mamá! —gritaron al unísono Fred y Ellie al tiempo que saludaban con la mano—. ¡Papá!

Janine, en la grada, comenzó a buscar el lugar del que procedían aquellas voces.

—¡Anda! ¡Mira, Eric! —dijo al descubrirlo.

—¿Qué? ¿Has visto algún puesto de pasteles?

—¡No! ¡Fíjate!

Eric intentó distinguir qué era lo que su mujer le señalaba.

—¡Ah, sí! —soltó por fin, devolviéndoles el saludo con la mano a los chicos.

—Es increíble que hayan venido —afirmó Fred sorprendido.

—Sí —asintió Ellie.

Aunque en realidad ella no parecía hacer mucho caso a lo que le decía su hermano, ni a los saludos de su padre, ni siquiera a la gente entre el público a la que este golpeaba con los aspavientos que hacía para que lo vieran.

—¡Eh! ¡Mira quién está ahí! —exclamó Fred de repente señalando con emoción a alguien entre los espectadores.

—¿Quién? —preguntó Ellie.

—Al lado de papá. Acaba de llegar. ¡Es Sven Matthias!

—¿Quién?

—¡El ojeador! ¡El del Chelsea! ¡Ha venido!

Su hermana echó un vistazo sin demasiado interés. Un hombre embutido en un elegante abrigo negro intentaba protegerse la cabeza para que Eric no le diera con sus largos y torpes brazos.

—Muy bien —añadió Fred reclamando de nuevo la atención de su hermana—. Esto nos obliga aún más a que todo salga bien. ¿Desde dónde vas a dirigirme?

—Pues supongo que... desde allí arriba..., entre la gente del cole... —respondió ella.

—¡Estupendo!

A pesar de ello, estaba seguro de que había algo que le preocupaba a Ellie. «A lo mejor solo se encuentra un poco intranquila porque el Mando puede apagarse en cualquier momento», pensó para sus adentros.

Entonces reparó en una mesa que habían colocado detrás de una de las porterías, una mesa donde habían dispuesto, justo en el centro, el trofeo del Torneo de Invierno Interescolar «Grandes Extensiones» de Bracket Wood y Alrededores. Estaba colocado sobre un pequeño pedestal y su brillo era tan intenso que uno podía ver a la perfección el reflejo de las redes de la portería cercana. La mera visión de tan anhelado galardón llenó a Fred de emoción y, de alguna manera, también de confianza.

—Vamos a ganar, Ellie —dijo—. Vamos a ganar el trofeo. ¡Va a ser genial!

—¿Y luego qué? —preguntó ella mirándolo fijamente.

—¿Perdón?

—¿Luego qué, Fred? Muy bien, vale, yo te dirijo hoy, igual que la última vez... Y ganamos porque juegas de maravilla... Pero ¿luego qué? ¿Qué va a pasar en el próximo partido cuando ya no podamos usar el Mando?

Él puso cara de extrañeza y replicó:

—Ya no va a haber más partidos. Este es el último de la temporada.

—¡Pues claro que va a haber más partidos! ¿O es

que ya no vas a volver a jugar nunca al fútbol después de hoy? ¿Qué pasa si... —preguntó su hermana dándole en ese instante a sus palabras un tono muy poco frecuente en ella, un tono en el que se podía percibir una pizca de rencor—... te cogen para jugar en el Chelsea?

El gesto turbado de Fred se hizo más profundo hasta que acabó bajando la mirada cabizbajo. Era la primera vez en su vida que Ellie hería sus sentimientos.

—¿A qué viene todo esto ahora? —le preguntó.

Su hermana se dio media vuelta y, al hacerlo, Fred se fijó en que ella miraba de refilón hacia las gradas de los aficionados del Bracket Wood. No tardó mucho en avistar qué —o mejor dicho, quién— era lo que había llamado la atención de Ellie.

Allí estaba, sentado en una de las primeras filas haciéndoles señas desde la distancia y levantando los pulgares: Rashid.

—¿Tiene que ver con... Rashid? —dijo.

—¡No! —contestó ella cuando realmente quería decir: «¡Sí!»; algo evidentísimo para cualquiera aunque no fuera su hermano mellizo ni pudiera leer la mente de nadie.

—¿Es porque él está aquí y quieres que utilice el Mando para cambiarte otra vez de *look*? ¿Para volver a ponerte de Ellicienta?

—¡¡¡NO!!! —repitió su hermana en un tono igual de poco creíble que el de antes, solo que mucho más alto.

—¡Si lo hago, lo más seguro es que se apague del todo! —añadió Fred.

—¡Ya lo sé! ¡Esa es la razón por la que NO te pido que lo hagas!

—¿Por qué entonces me has dicho que no tiene sentido que me dirijas hoy? ¿Porque el próximo partido...?

Ellie se volvió de nuevo hacia su hermano de manera repentina.

—Sí, Fred. El próximo partido. Y el que vendrá después. Para ser bueno jugando al fútbol hay que entrenar mucho y trabajar duro. Requiere tiempo, energía, fe y dedicación. Esto... —dijo ella señalando el Mando—... no es más que un atajo rápido. Un atajo que ya no puedes seguir utilizando más tiempo.

—¿No? —replicó él.

—No. Yo no puedo estar controlándote eternamente mientras tú finges ser un jugador de fútbol increíble. Igual que tú tampoco puedes hacer que me parezca... que me parezca a... —respondió Ellie mientras la voz se le entrecortaba y la tristeza invadía su rostro—... a una princesa de Disney el resto de mi vida...

—Bueno... De hecho, yo siempre he querido que te parecieras más a una de Pixar que a una de Disney...

Sin embargo, su hermana no lo escuchaba ya. No solo eso, sino que, como pudo percatarse al mirarla con más detenimiento, estaba llorando, llorando en voz baja, como queriendo que nadie reparara en ello.

Fred no sabía qué hacer ni qué decir. Odiaba verla tan disgustada. Incluso le entraban ganas de echarse él también a llorar. En ese momento, bajó la vista y observó el Mando entre las temblorosas manos de Ellie.

De pronto, pasaron por su cabeza todos los acontecimientos acaecidos en los últimos meses: cuando *Margaret Arañatcher* se subió al tejado, cuando les pegaron aquel repaso a Isla y a Morris, cuando entró en el equipo de fútbol del colegio, cuando hizo de Ellie la más guapa del baile en el cumpleaños de Rashid... No obstante, se dio cuenta de que todo aquello había sido solo al principio y de que, al recordar las cosas que habían ocurrido hacía menos tiempo, las únicas imágenes que le venían a la mente eran las de haberse visto obligados a luchar de nuevo, y con bastante más violencia, contra los mellizos Fawcett, las de haber hecho llorar a Scarlet y a Stirling y, sobre todo, las de haberse peleado por primera vez en su vida con su hermana Ellie.

Nada más poner fin al análisis retrospectivo, un gesto duro y adusto asomó en su semblante.

—¿Ellie, podrías concentrarte en el *Street Fighter...*? —preguntó un par de segundos más tarde.

—¿Por qué? —replicó ella sin dejar de llorar.

—Tú... hazlo y ya está... —dijo él.

Su hermana se encogió de hombros y asintió con la cabeza.

—Ahora, pulsa el botón principal y mueve el *joystick* hacia un lado y hacia arriba.

—¿Para qué? —repitió ella—. Se apagará definitivamente...

—Por favor... —concluyó Fred.

Ellie suspiró hondo e hizo lo que se le pedía.

En ese instante, el brazo de su hermano, el mismo en el que llevaba puesta la pulsera, se impulsó mecánicamente hacia atrás, volvió a lanzarse hacia delante a una velocidad increíble y, a continuación, con un movimiento duro y seco parecido al de los karatecas, solo que hacia arriba en lugar de hacia abajo, golpeó con fuerza y precisión milimétrica el Mando que ella sostenía entre sus manos.

Como buenos hermanos mellizos, ambos, de manera simétrica, siguieron con la mirada el vuelo del aparato a medida que este se elevaba dando vueltas por encima de sus cabezas, salía despedido por los aires y se perdía de vista más allá de la portería, del público que abarrotaba las gradas del fondo y, lo más probable, de los propios límites del recinto deportivo de Broom Hill (a pesar de que, como ya sabemos, su tamaño era nada menos que el de cinco campos de fútbol).

Fred bajó la cabeza y contempló a Ellie, que seguía embobada mirando a las alturas. Se sentía orgulloso de lo que acababa de hacer. Sabía, además, que había hecho lo correcto. Y estaba seguro de que ella pensaría lo mismo; siempre pensaban lo mismo...

Por fin, su hermana bajó también la cabeza y lo miró a los ojos.

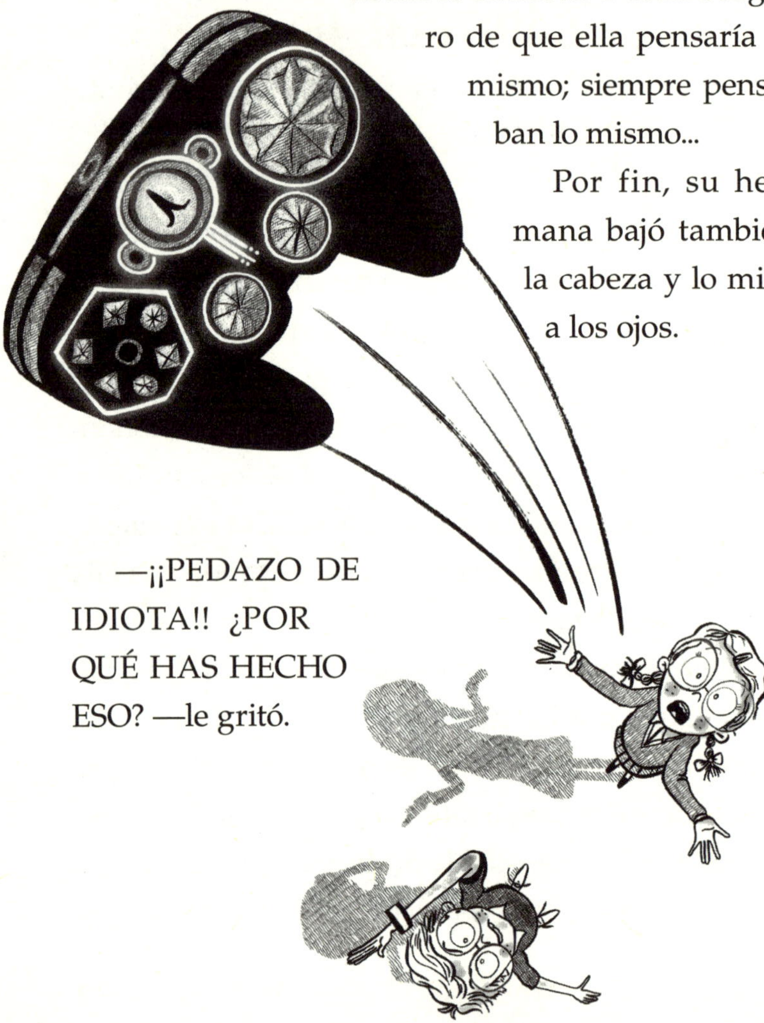

—¡¡PEDAZO DE IDIOTA!! ¿POR QUÉ HAS HECHO ESO? —le gritó.

CAPÍTULO 46

Solo hay un sitio

Veinte minutos más tarde, el partido estaba ya a punto de comenzar. La charla que el señor Barrington acababa de soltarles en el vestuario resonaba aún en los oídos del once titular del Bracket Wood.

—Muy bien. Asegurémonos de evitar las diagonales que puedan tirar sus centrocampistas con toques rápidos, uno-dos y balones largos; pero no nos olvidemos tampoco de mantener el rombo si salen al contraataque por las bandas. Mientras tanto, vamos cambiando todo el rato del 4-5-1 al 4-4-2, ¿de acuerdo? Los interiores, bajad al medio campo. Los centrales, fijad bien la línea del fuera de juego, mantened a raya a sus dos puntas, marcadlos de cerca, no dejéis tampoco de vigilarlos de lejos y, cuando suene el pitido final, ¡¡os garantizo que el trofeo será nuestro!!

Al terminar, se hizo un gran silencio. Instantes después uno de los chicos dijo:

—Perdón, señor Barrington... La verdad es que no entendemos muy bien lo que nos acaba de explicar.

El señor Barrington suspiró.

—Vale, de acuerdo. ¡Pasadle el balón a Fred! ¡Y que él se encargue de hacer de las suyas!

Nada más decir aquello, el resto del equipo se volvió hacia Fred y comenzó a animarlo, incluso a corear su nombre: «¡Fred! ¡Fred! ¡Fred!».

Él les respondió con la mejor sonrisa que fue capaz de poner, y hasta se le pasó por la cabeza hacer una especie de reverencia real para que vieran lo tranquilo y confiado que estaba, pero al final no se sintió con fuerzas para bromas de ese tipo.

Y mucho menos pasados unos minutos, estando ya en el círculo central a punto de hacer correr la pelota en cuanto pitara el árbitro y observando a sus rivales del Oakcroft en el campo contrario colocados en sus respectivas posiciones. Todo en ellos era... mejor: su equipación, más bonita; sus botas, más brillantes; y, lo que era más importante, su físico más grande... ¡Era como si todos tuvieran diecisiete años! ¡Pero si el portero parecía que acababa de entrar en la universidad! ¡Seguro que a estudiar la carrera de Portero de altura extrema para tu edad!

Acto seguido, vio la cara esperanzada y llena de ilusión del señor Fawcett; vio la cara esperanzada y llena de ilusión de su padre y de su madre (aunque en el caso de su padre es posible que esta se debiera al hecho de haberse dado cuenta de que, durante el descanso, tendría tiempo de sobra para hacer una escapadita hasta una tienda de bocadillos que había cerca del campo); vio la cara esperanzada y llena de ilusión de Sven Matthias (por haber encontrado una nueva y brillante promesa); vio la cara esperanzada y llena de ilusión de Stirling y Scarlet (que no dejaban de mirar con ávida curiosidad los móviles de la gente que había sentada a su alrededor y de decirles lo anticuados que estaban); y vio también a Isla y a Morris, que habían vuelto a su aspecto normal, fingiendo considerablemente bien a la hora de poner cara esperanzada y llena de ilusión.

Sin embargo, a la que no vio por ningún lado fue a su hermana. Por mucho que la buscó entre la gente, le fue imposible dar con ella.

Una de las cosas especiales que tenía Ellie Stone —y sin duda uno de los factores decisivos para que fuera tan buena jugando a la consola— era una vista muy desarrollada, capaz de percibir visualmente objetos en movimiento mejor que el resto de la gente. Cuando, por ejemplo, jugaban a un juego de fútbol, de tenis o de béisbol, ella siempre parecía saber de modo instintivo adónde iba a ir la bola y, por tanto, movía a su jugador de fútbol, tenis o béisbol en la pantalla con la antelación necesaria para que llegara sin problemas a darle a la bola, ya fuera con el pie, la raqueta o el bate.

Todo lo cual viene a ser una manera muy larga de decir que, a pesar de estar enfadada con su hermano en aquel momento, fue capaz de seguir con precisión el vuelo del Mando mientras este se elevaba por encima de sus cabezas. De hecho, con la suficiente precisión como para saber con bastante seguridad dónde debía de haber caído.

Es cierto que tampoco hacía falta tener una vista superdesarrollada, capaz de seguir a la perfección el recorrido en el aire de un objeto móvil, para darse cuenta de que Fred lo había lanzado muy, pero que muy alto. No obstante, por muy, pero que muy alto que se eleve un objeto en el aire, lo que no hace es volar por sí mismo, de modo que..., bueno, solo hay un sitio donde puede acabar...

En tierra.

Lo normal es que esté hecho añicos.

Así pues, Ellie se hallaba en el descampado que rodeaba el recinto deportivo de Broom Hill; y lo que hacía no era otra cosa que buscar fatigosamente y sin mucha convicción el Mando. Era evidente que su pequeña aventura y la de su hermano tocaba a su fin. Una parte de ella ni siquiera sabía muy bien por qué se molestaba en intentar localizarlo. Es posible que, en el fondo, lo que quisiera fuera ver si encontraba los trozos en los que, estaba segura, se habría roto y arreglarlo más adelante; igual que es posible que, en lugar de eso, lo único que quisiera fuera darles un entierro decente, tal vez en la Cajiclínica...

El caso es que, mientras pensaba en estas cosas, iba mirando todo el rato hacia arriba tratando de recrear la trayectoria exacta que el aparato debía de haber descrito en el cielo y, por tanto, localizar el sitio de su aterrizaje. Fue entonces cuando vio algo a lo lejos y fue consciente de que, a pesar de lo que había supuesto en un principio, era posible que el aparato no hubiera acabado posándose en el suelo. De hecho, creyó distinguir un pequeño resplandor, un minúsculo rayo de sol reflejado sobre su reluciente tapa metálica entre las ramas de... sí, en efecto..., entre las ramas de aquel árbol.

CAPÍTULO 47

Pero ¿qué te ha pasado?

Mientras tanto, en el campo de fútbol, el partido acababa de comenzar. Y de momento de modo bastante sorprendente, ya que la posesión seguía en manos del Bracket Wood. Barry Bennett[27] era quien tenía el esférico.

—¡Fred! —exclamó el señor Barrington—. ¡Sube! ¡Métete en el área!

Fred obedeció.

---

27. Puede que a algunos de vosotros os suene este chico de un libro titulado *Agencia Familia Feliz*. Estuvo en coma una temporada después de que le pasaran unas cosas muy raras, aunque ahora ya está bien y vuelve a ir otra vez a clase. Me parece que nunca llegaba a decirse explícitamente en ese libro en el que, como os digo, él salía, pero bueno, de todas formas, el colegio al que iba, como es evidente, era Bracket Wood.

—¡Eso es! ¡Y ahora tú, Barry! ¡Pónsela!

—¿Cómo? —preguntó el chico.

—¡BARRY! ¡¡¡¿¿QUIERES MANDARLA ARRIBA??!!! —gritó el entrenador.

—Ah, sí. Vale —respondió Barry.

A continuación, echó la pierna hacia atrás y golpeó el balón todo lo fuerte que pudo.

Fred, que aguardaba dentro del área del Oakcroft a que le llegara el envío, vio como la pelota surcaba los aires directa hacia él. Desesperado, miró a la grada llena de gente con la esperanza de que, por alguna razón, Ellie estuviera allí con el Mando en las manos; sin embargo, lo único que vio fue a su padre preguntándole a un señor que tenía al lado si le podía coger unas patatas.

Entonces se acordó de que fue él y nadie más que él —Fred— quien se había librado del aparato tirándolo por los aires; fue él —Fred— quien se había dado cuenta de que no podían (Ellie y él) vivir el resto de sus vidas dependiendo del maldito aparato; fue él —Fred— quien había decidido que iba a jugar (y a GANAR) este partido sin la ayuda de ningún extraño artefacto con poderes mágicos.

Impulsado por este motivador pensamiento, se estiró todo lo que pudo y pegó un brinco con la intención de cabecear el cuero, sabiendo —porque lo sabía a ciencia cierta— que sería un remate limpio y directo que acabaría traspasando la portería del Oakcroft.

En efecto, segundos más tarde, su frente contactó con algo: con el enorme charco embarrado que había detrás de la portería rival (y lo hizo, ya lo creo, de manera directa, aunque, para ser sinceros, no especialmente limpia). Ese era el lugar en el que había aterrizado de bruces después de que los tres enormes centrales del equipo contrario, que habían saltado en el aire al mismo tiempo que él, se lo llevaran por delante con contundencia.

—¡Uuufff! —soltó Fred, siendo consciente en el acto de que no solo había fracasado en su intento de demostrar el mismo nivel de excelencia deportiva que cuando Ellie lo ayudaba, sino también que ese tipo de golpes y caídas eran, por supuesto, tan dolorosos como parecían cuando no lo manejaban con el Mando. Muy dolorosos.

Tras levantarse con esfuerzo y quitarse el barro de los ojos, vio que el Oakcroft había recuperado la posesión y comenzaba, desde su propia área, a subir al ataque y a amenazar su portería.

También se fijó en que buena parte de su equipo, así como el señor Barrington, lo observaban con una expresión que, no cabía duda, quería decir: «Pero ¿qué te ha pasado?».

Igual que había hecho su hermano dentro del terreno de juego cuando esperaba que le cayera la bola, Ellie, que estaba a unos quinientos metros de distancia, alzó la vista deseosa de entrar en contacto con el objeto anhelado. Solo que en ella ese anhelo tenía más que ver con alcanzarlo que con esperar a que este llegara por sí solo a sus manos. En su caso, el objeto en cuestión no era otro, como es obvio, que el Mando, el cual colgaba a media altura entre las ramas de un árbol; más en concreto, atrapado en el espacio en forma de «V» que había entre los pequeños tallos de algunas hojas.

Ellie suspiró. Ella no era ningún marimacho. Desde luego, no ningún marimacho de los antiguos; de serlo, lo sería, en todo caso, de los modernos. Es decir, lo que se le daba bien eran los videojuegos, no los tirachinas, ni subirse a los árboles ni nada de eso que hacían antes los niños. A pesar de ello, ya que había llegado hasta allí, y a la vista de que el Mando no había resultado al final estar roto en mil pedazos, decidió atreverse e intentarlo.

Así pues, se agarró a la rama más baja del árbol, y

estaba a punto de comenzar a trepar cuando oyó una voz a su espalda que dijo:

—¿Te echo una mano?

Se dio la vuelta y vio a Rashid, que la miraba sonriente.

CAPÍTULO 48

No se te ocurra volver a venirme con nada que tenga que ver con el fútbol

La estrategia de pasar enseguida el balón a Fred no daba del todo los resultados esperados. Hasta el momento, en lo que se llevaba transcurrido de partido, cada vez que le había llegado la pelota se la habían arrebatado en un abrir y cerrar de ojos para, acto seguido, quitárselo a él de encima y enviarlo de nuevo al charco embarrado. Bueno, no exactamente al mismo charco embarrado. Es cierto que no se lo podía acusar de no estar intentándolo. Como se suele decir en los círculos futbolísticos, no dejaba de luchar arriba y abajo, de estar en todas partes; sin embargo, al final siempre acababan mandándolo de cabeza a algún charco embarrado.

Le habían quitado la pelota y había acabado en un charco embarrado del área de penalti; le habían quitado la pelota y había acabado en un charco embarrado del centro del campo; le habían quitado la pelota y había acabado en un charco embarrado junto a cada uno de los banderines de córner; y justo en ese preciso instante le acababan de quitar la pelota y, a pesar de que él hubiera preferido volver a acabar en un charco embarrado dentro de su propia área, lo que hizo fue salir despedido hacia atrás en dirección a su portería y golpearse con fuerza la espalda contra uno de los postes. Esta última acción lo había

dejado tirado en el suelo sin poder levantarse, razón por la cual no pudo hacer nada para impedir que su equipo encajara un nuevo gol.

El resultado a esas alturas era de Oakcroft 3 – Bracket Wood 0.

Cuando por fin pudo volver a incorporarse vio como la mayoría de sus compañeros caminaban cabizbajos hacia el círculo central. Algunos de ellos, igual que el propio señor Barrington y buena parte de los seguidores de su equipo, lo miraban con una expresión que, esta vez, por supuesto, quería decir (junto con «Pero ¿qué te ha pasado?»): «Jugaste muy bien en la semifinal y todos pensamos que serías nuestro revulsivo mágico para acabar ganando; pero ahora mismo, para serte sinceros, eres malísimo. No entendemos nada».

—¿Qué estás haciendo aquí? —le preguntó Ellie a Rashid—. ¿No te interesa el partido?

—Un poco, pero no mucho... —contestó él—. La verdad es que el fútbol en vivo no me gusta tanto.

—¿El fútbol en vivo?

—Sí. A mí lo que me gusta es el *FIFA*. Me gusta más jugar al fútbol en la consola que en la realidad. Porque en la realidad es un poco...

—¡Aburrido!

—¡Sí! —exclamó Rashid—. Porque si te lo pones en la consola puedes hacerlo interesante, como a ti te guste...

—¡Eso mismo pienso yo! —replicó ella.

—Qué bien... Me alegro. Es difícil encontrar alguien que piense como tú. Bueno... ¿Y qué haces? ¿Estás intentando alcanzar ese mando?

Ellie no supo muy bien qué responder, aunque estaba segura de que mentir no iba a mejorar mucho la situación. De modo que dijo: «Sí». Y, sintiendo que debía explicarse un poco mejor, añadió:

—Está en el árbol porque...

—Ya lo he visto antes. Fred le ha pegado un golpe de kárate que lo ha sacado volando del campo.

Ella asintió con la cabeza.

—Un golpe de kárate increíble —puntualizó Rashid.

Ellie asintió de nuevo con la cabeza.

A continuación se hizo una breve pausa.

Luego, él preguntó:

—¿Por qué ha hecho eso?

Y volvió a hacerse un nuevo silencio.

Un segundo después, ella suspiró y dijo:

—Bueno, es que se trata de un Mando megacontrolador. Tiene poderes. Lo he estado usando para dirigir a Fred. Cuando se sincroniza con mi hermano, puedo llevarlo como si fuera mi avatar en un videojuego. Puedo hacer que salte superalto, que pelee superduro, que cave superprofundo y que juegue al fútbol superbien. Pero luego empezó a apagarse y a perder potencia y nos peleamos y él..., bueno, me ha medio engañado para que lo dirija una última vez y ha acabado pegándole ese golpe de kárate que ya has visto antes sacándolo del campo.

Al acabar, una pausa aún más larga se hizo entre ellos. Al final, Rashid asintió y contestó:

—Vale. Pues lo mejor será que lo bajemos de ahí arriba.

Durante el descanso, al que se había llegado con resultado ya de cuatro a cero, el ambiente en el vestuario del Bracket Wood no era muy bueno. Todos los jugadores estaban sentados en los bancos con la cabeza gacha mirando al suelo. Prajit, que lo cierto es que era demasiado bajito para ser portero —su apodo era «el Gato», pero no porque tuviera buenos reflejos ni nada de eso, sino porque su padre era veterinario y él, a veces, olía a una mezcla de pelos, pis y comida para gatos—, tenía aspecto de estar especialmente deprimido.

—Bueno... ¿Qué hacemos, señor Barrington? ¿Seguimos ciñéndonos al mismo plan la segunda parte? —preguntó Barry Bennett al cabo de unos instantes.

El entrenador, que había permanecido todo este tiempo callado sin decir ni una palabra y sin hacer, de hecho, nada parecido a lo que suelen hacer los entrenadores en situaciones similares a esta (o sea, ponerse a gritar como un descosido a sus jugadores recalcándoles el ridículo que están haciendo), se limitó a encogerse de hombros y miró a Fred.

—¿Tú qué opinas, Fred? —le dijo acercándose a él—. ¿Nos ceñimos al mismo plan? ¿O lo cambiamos? Es más, ¿crees que debería dejarte en el banquillo?

Fred miró al señor Barrington a los ojos, esos ojos que tan grandes y afligidos lo observaban tras sus gafas. Todos los demás lo contemplaban también de forma expectante.

En realidad, más triste todavía que la imagen de los ojos grandes y afligidos del señor Barrington había sido ver cómo, nada más acabar la primera mitad, mientras abandonaba de manera fatigosa el terreno de juego en dirección al vestuario, Sven Matthias se encaminaba a la salida y se marchaba del campo. De modo que lo que le dieron ganas de contestar fue: «Sí, por favor. Déjame en el banquillo y no vuelvas a seleccionarme para ningún partido. No se te ocurra volver a venirme con nada que tenga que ver con el fútbol. Nunca jamás VUELVAS A PRONUNCIAR LA PALABRA *fútbol* cerca de mí». Sin embargo, mientras deliberaba sobre si soltar todo aquello o no, se dio cuenta de que también podía, en su lugar, echarse a llorar sin más...

Al no responder nada Fred, el señor Barrington asumió que el chico no quería que lo cambiaran y dijo con tono amable y comprensivo:

—Bueno, venga. No pasa nada. Vamos a volver a salir ahí a ver qué tal se nos dan los primeros cinco minutos y después ya veremos.

CAPÍTULO 49

¿O... como esta?

—¿Qué...? ¿Sigue funcionando? —preguntó Rashid.

Antes de responder, Ellie se sacudió las últimas hojas (así como unos pequeños trozos de corteza) que se le habían enganchado al vestido. No había sido una escalada nada fácil, aunque sí bastante emocionante. En parte, porque trepar a un árbol es ya de por sí bastante emocionante, pero también porque lo había hecho con Rashid al lado.

A él seguro que se le habría dado bien subirse; no obstante, la ayuda que le prestó desde el suelo fue inmejorable. Primero, colocándose a gatas para que ella pudiera encaramarse apoyando un pie en su espalda; después, diciéndole dónde estaban los salientes del tronco en los que era mejor poner los pies; y, por último, una vez rescatado el objeto perdido, estirando los brazos y cogiéndola por la cintura para que no le diera miedo volver a bajar.

—¡Vamos! —le había dicho—. ¡Yo te cojo!

—¡Te voy a hacer daño! —le había respondido ella.

—¡Ya verás como no pasa nada!

Así pues, Ellie acabó saltando desde la rama del árbol a la que estaba subida. Al hacerlo, creyó que Rashid se había hecho daño, ya que soltó un «¡ay!»; pero luego se dio cuenta de que debía de haber sido por el golpe que le había dado sin querer en la nariz con una de las asas del Mando que llevaba en la mano.

Tras quedarse entre sus brazos y hasta que no se separó de él un par de segundos más tarde, se había producido entre ellos una especie de momento embarazoso en el que los dos, a una distancia escasa de un metro, permanecieron sin decir nada. A continuación, se miraron mutuamente a los ojos y se echaron a reír. Al cabo de unos instantes fue cuando Rashid le hizo la pregunta acerca del estado del aparato.[28]

—No lo sé —replicó ella al tiempo que inspeccio-

28. La del comienzo del capítulo, por si se os había olvidado...

naba dubitativa el Mando, que estaba cubierto de polvo y musgo y seguía mostrando como siempre una débil luz azul que parpadeaba a toda velocidad—. No puedo saberlo a menos que lo sincronice con la persona que lleva la pulsera.

—¿La pulsera?

—Ah, sí..., se me había olvidado contarte eso. Es una pulserita de color negro que venía con el Mando y que tiene también una luz azul como... esta —contestó Ellie señalándola.

—¿O... como esta? —preguntó él sacándose del bolsillo una igual.

CAPÍTULO 50

Emparejados

—¡¿De dónde has sacado eso?! —preguntó Ellie alucinada por completo.

—De Isla y de Morris —respondió Rashid.

—Ah...

—La llevaba puesta Morris hace un rato. Isla parecía un poco cabreada con él por esa cuestión. «¡¿Por qué sigues llevando esa estúpida cosa?! ¡Lo único que hace es recordarme la paliza que nos han vuelto a dar!», le ha gritado un par de veces. Yo no sabía muy bien de qué hablaba...

Ella negó levemente con la cabeza como si tampoco lo supiera. Rashid le entregó la pulsera a Ellie y esta la cogió y se puso a examinarla con detenimiento.

—Bueno, el caso es que Morris tenía cara de estar

muerto de la vergüenza —continuó él—, así que se la ha quitado y la ha tirado por ahí. Aunque a mí me ha gustado la pinta que tenía, de modo que la he recogido y me la he guardado en el bolsillo. ¿He hecho mal?

—¡No! No, qué va... —contestó ella.

En ese momento se dio cuenta de algo: a pesar de que no se trataba de la pulsera que ella y Fred habían estado usando todo este tiempo, su luz también... parpadeaba..., más o menos de manera acompasada a la de su Mando. Lo que podría suponer que...

—Rashid —dijo—, ¿te importaría sostenerme el Mando un minuto...?

—¡Me encantaría! —replicó él mientras Ellie se lo entregaba.

A continuación, Rashid lo acunó entre las palmas de sus manos, se quedó mirándolo con asombro reverencial y añadió:

—Es impresionante...

—Sí, lo es. ¿Tú también eres un *gamer*?

—¡Sí!

—¿Cuál es tu juego favorito?

—Ah, pues los típicos. Aunque hay uno muy poco conocido que a mí me encanta y que me regaló mi padre. Es japonés. Se llama *Gravity Rush,* y vas volando y pasando un montón de aventuras.

Ellie asintió.

—Suena genial. ¿Puedes levantarlo?... El Mando —le pidió ella.

—¿Levantarlo?

—Sí. Por encima de tu cabeza.

—¿Así? —preguntó él haciendo lo que Ellie le había pedido.

—¡Sí!

Acto seguido, ella se puso la pulsera, alzó el brazo y pegó la luz que brillaba en su muñeca a la del Mando. De forma inmediata, ambos resplandores comenzaron a latir sincronizados a la perfección.

—Guau... —murmuró él mirando hacia arriba—. ¿Significa eso que... estamos emparejados?

—Sí —respondió Ellie—. Eso es. Emparejados.

Rashid se quedó pensativo unos instantes.

—Entonces, ¿puedo hacer que hagas cosas? ¿Cosas como las de los videojuegos?

—Sí..., supongo que sí... Aunque lo normal es que sea yo la que lleve siempre el Mando. La verdad es que todavía no he tenido oportunidad de saber qué se siente siendo... la que salta edificios o la que pega patadas de kárate increíbles y todas esas cosas... Fred es quien se encarga de eso.

—Pues no me parece justo —replicó él mientras le daba la vuelta al aparato y se disponía a pasar a la acción.

CAPÍTULO 51

Gravity Rush

—¡Guuuaauu! —gritó ella al tiempo que empezaba a levantarse por los aires—. ¡¿Qué estás haciendo?!

—Estoy haciendo que vueles. ¡Como en el *Gravity Rush*!

—¿Cómo sabías que había que pensar en el juego que querías para ponerlo en marcha? —preguntó Ellie pronunciando progresivamente cada palabra a mayor volumen, ya que a medida que hablaba iba subiendo más y más arriba.

—¡No lo sabía! ¡Lo adiviné! —respondió él hacia las alturas.

—¡Vale! —exclamó ella—. ¡Pero no podemos hacer esto mucho rato! ¡Está a punto de apagarse!

—¿Cómo? —dijo él—. ¡No te oigo!

—¡He dicho que está a punto de acabaaaaaaaaa-ahhhh...!

Ellie nunca llegó a pronunciar el «... arse» (de «acabarse»), ya que Rashid empezó justo en ese instante a mover el *joystick* en círculo. Eso hizo que ella se pusiera a dar vueltas y vueltas como un carrusel alrededor de la copa del árbol al que hacía un momento se había subido.

Se puso a dar vueltas y vueltas alrededor de la copa del árbol, y luego a volar en zigzag, y luego a caer en picado, y luego a ascender otra vez hacia arriba, y luego viró hacia la izquierda, y luego a la derecha, y luego se puso a girar de nuevo alrededor de la copa del árbol, y luego a planear sin más por el aire durante un rato.

Siempre que miraba hacia abajo, a un buen trecho de distancia, veía a Rashid sonriendo y saludándola con la mano. Entonces decidió dejarse llevar y olvidarse de todas sus preocupaciones, algo que no solía hacer muy a menudo; estiró bien los brazos hacia los lados como si fueran alas nada más mover él el *joystick* hacia delante, y voló.

Voló como un pájaro.

Un poco más tarde, una vez Ellie se hubo posado con suavidad en tierra, los dos comenzaron a caminar rumbo

al recinto deportivo de Broom Hill. Rashid, que seguía con el Mando en la mano, dijo:

—Es asombroso. ¿Puede hacer algo más?

—Pues... Bueno, la verdad es que también se puede utilizar para cambiar el físico de la gente... Cambiarle el pelo, los rasgos y todo eso... Puedes hacer que la persona que lleve la pulsera parezca... lo que tú quieras que parezca —afirmó ella bajando la vista hacia su muñeca y dándose cuenta de que era ella la que la llevaba puesta en esos momentos.

Él se detuvo de repente y la miró a los ojos. A continuación, miró el aparato y frunció el ceño. Ellie se detuvo también y se llevó las manos a los brazos como si hubiera sentido de pronto un escalofrío. Le pareció adivinar lo que Rashid estaba a punto de hacer.

Sin embargo, lo único que este hizo fue devolverle el Mando y decir:

—¿Por qué iba a querer nadie hacer una cosa así?

Y los dos prosiguieron camino hacia los campos de fútbol.

Al cabo de un segundo, ella volvió a pararse y a quedarse contemplando el aparato. Lo tenía cogido del revés, de modo que pudo ver el reflejo de su cara en la reluciente tapa metálica, el reflejo de su cara con sus gafas, su aparato de ortodoncia, sus trencitas y una sonrisa resplandeciente de oreja a oreja.

Después, salió corriendo detrás de Rashid.

CAPÍTULO 52

En los momentos decisivos

Sven Matthias ya había visto suficiente. Él era un hombre muy ocupado y no podía permitirse perder su valioso tiempo. Sin embargo, en aquella ocasión estaba un tanto confuso. Normalmente solía tener muy buen olfato a la hora de captar nuevos talentos, un olfato que se había activado, y de qué manera, al ver a aquel chico de Bracket Wood jugar la semifinal.

De modo que, en aquel instante, recién salido de aquel pijo recinto deportivo, se sentía bastante decepcionado y, en cierta forma, también desconcertado al haber visto lo mal que había jugado el chaval un partido tan importante como este. «A lo mejor —pensó con tristeza para sus adentros— lo único que pasa es que este es uno de los que se esconde y se amilana en los momentos decisivos, en los grandes encuentros. En cualquier caso, mejor saber eso ahora que, digamos, dentro de diez años en la final de la Champions League.»

Entonces sacó su móvil de la chaqueta.

—¿John? Hola, ¿qué tal? Soy Sven. Me voy. Sí, en el descanso. ¿Te puedes acercar con el coche...?

—Discúlpeme. ¿Señor Matthias? —preguntó de pronto una débil voz.

Se trataba de una niña pequeña con gafas, aparato de ortodoncia y trencitas que se encontraba de pie a su lado junto a un chico árabe de la misma edad más o menos.

Sven apartó el teléfono de la oreja.

—¿Sí?

—¿Le importa que lo moleste un segundo? —dijo ella.

CAPÍTULO 53

Un único nudo

El árbitro hizo sonar el silbato para que diera comienzo la segunda parte. Nada más hacerlo, los jugadores del Oakcroft empezaron a pasársela entre ellos. Daba la impresión de que ya estaban un poco de broma, como si se sintieran seguros de poder adentrarse, en el momento en que les apeteciera, en la mitad del terreno de juego contrario y marcar gol.

Fred los observaba desconsolado desde su campo. Tenía frío y se encontraba agotado. Se había rendido. De repente, oyó una voz a lo lejos que gritaba: «¡Fred! ¡Fred! ¡Fred!».

«Bah, no es más que uno que corea mi nombre. Como hizo el resto del equipo antes de que empezara el partido», pensó, dando por hecho, claro está, que ahora iba en plan sarcástico. Por otro lado, no parecía cansarse de hacerlo.

—¡Fred! ¡Fred! ¡Fred!

Sin muchas ganas, desvió la mirada en dirección al lugar del que procedían las voces, que no era otro que las primeras filas de las gradas ocupadas por los aficionados del Bracket Wood.

Lo que vio lo sorprendió bastante.

Eran sus padres los que coreaban su nombre y los que le hacían señas. Igual que Rashid.

En ese instante, se percató de que, en realidad, no estaban coreando su nombre, sino más bien intentando llamar su atención con respecto a algo, cosa que dedujo al ver que los gestos que le hacían eran para que mirara a otro sitio en concreto.

Para que mirara a Ellie, su hermana, la cual no solo gritaba también su nombre sino que, además, tenía el Mando en la mano.

—¡Fred! ¡Fred! ¡Lo he encontrado! —exclamó ella a la vez que comenzaba a mover el *joystick* y a apretar los botones.

Tanto Rashid como Eric y Janine lo observaban desde la grada con los brazos levantados y los pulgares alzados.

De pronto, Fred sintió cómo el poder mágico del Mando empezaba a traspasarle todo el cuerpo. De hecho, lo único que le dio tiempo a hacer antes de salir disparado hacia el esférico fue devolver el saludo a sus padres alzando él también el pulgar de su mano derecha.

Los jugadores del Oakcroft se la pasaban unos a otros sin mucho interés en lo que pudiera suceder ya en el encuentro. Al ver venir a Fred a toda velocidad, uno de ellos en concreto no pudo evitar echarse a reír. Los demás se prepararon, como era ya costumbre, para quitárselo de encima y mandarlo de nuevo al charco embarrado más cercano.

No obstante, lo que sucedió fue una cosa muy distinta. En un abrir y cerrar de ojos, le arrebató el balón sin el menor esfuerzo al jugador que tenía la posesión del mismo, pegó un quiebro a la izquierda y luego a la derecha esquivando a los dos contrarios que le entraron enseguida, y se fue solo hasta la portería rival. El enorme portero del Oakcroft le salió al paso con una evidente sonrisa de superioridad. Sin embargo, esta no tardó mucho en desaparecer de su cara al ver como Fred le pegaba a la bola antes de lo esperado y la hacía pasar de vaselina por encima de su cabeza (y de sus brazos) hasta el interior de la red.

Los seguidores del Bracket Wood, que llevaban muy callados desde hacía un buen rato, estallaron repentinamente de alegría. Fred no prestó mucha atención a dicha explosión de júbilo, ya que estaba ocupado haciendo esas cosas que los futbolistas hacen a veces de recoger la pelota del interior de la portería contraria y correr a toda prisa con ella bajo el brazo hacia el círculo central para perder el menor tiempo posible y que se reinicie el partido cuanto antes. Luego, marcaría otros tres goles, cada uno de ellos más bonito que el anterior: el primero con el pie derecho, uno de cabeza y uno increíble de tijera.

Hizo remates de volea, pases de tacón, giros de trescientos sesenta grados, bicicletas, asombrosos controles con el empeine, zigzags y un movimiento nuevo para el que aún no existe nombre que consiste en levantar el balón de tacón, ponérselo en la coronilla y avanzar corriendo por la banda balanceándolo sin que se te caiga.

Hubo un momento un poco embarazoso en el que se le desataron los cordones y Fred se quedó un poco extrañado, pues siempre que había sido dirigido por el Mando nunca le había ocurrido una cosa así. De cualquier forma, lo que hizo para remediarlo fue, como era habitual en él, correr hacia donde estaba Ellie para que esta le echara una mano.

A pesar de ello, cuando su hermana iba a agacharse dispuesta a hacerlo, Janine se metió de repente entre los dos y, mostrando la plantilla de cartón, dijo:

—Perdonad que os interrumpa, chicos, pero mirad lo que he traído...

Y acto seguido le ató las botas haciéndole un único nudo muy apretado que, aparte de que era imposible que se le deshiciera en lo que quedaba de partido, tampoco abultaba mucho; circunstancia que permitió, sin excesiva pérdida de tiempo, continuar a Fred con su portentosa exhibición.

Llegados a este punto, todos los aficionados coreaban al unísono: «¡Fred! ¡Fred! ¡Fred!». Y esta vez lo hacían de verdad, no de manera sarcástica.

No obstante, a pesar de sus denodados esfuerzos, el resultado al final del tiempo reglamentario no era más que empate a cuatro. Así pues, el partido iba a ir a los penaltis. Algo preocupante, ya que, como es obvio, no sería solo Fred el encargado de tirarlos.

Pero su gran actuación había conseguido además otra cosa muy importante: motivar a sus compañeros. Todos habían presenciado cómo levantaba el partido él solo, cómo se venía arriba y cómo había hecho también que los demás hicieran lo mismo: pasando el balón, moviéndose por todas partes, ofreciéndose en el pase, ayudando en defensa y, en definitiva, dándolo todo por el equipo. Él había sido la punta de lanza del Bracket Wood, pero el resto había sido, sin duda, la lanza en sí.

Así pues, cuando llegó la hora de los penaltis, los jugadores que tiraron los cuatro primeros (Barry, Lukas, Taj y Jake)[29] se concentraron bien antes de lanzar, le pegaron a la pelota lo más fuerte que pudieron ¡y marcaron!

Por desgracia, los primeros cuatro tiradores del Oakcroft hicieron lo mismo.

29. Los amigos de Barry también iban al mismo colegio que él.

A pesar de ello, el viento había cambiado en favor del Bracket Wood. Toda la presión recaía en esos instantes en el jugador del equipo contrario que se disponía a ejecutar el quinto penalti.

De hecho, era uno de los que se habían reído de Fred cuando este salió disparado corriendo hacia ellos iniciada ya la segunda parte, también el que había dicho aquello de: «¡Madre de mi vida! ¡¡Deben de estar realmente desesperados!!». Ahora, en cambio, era él quien parecía estarlo.

Vacilante, salió corriendo hacia la bola y le pegó con fuerza. Iba muy bien tirado, derecho a la escuadra izquierda. Sin embargo, Prajit demostró por qué su apodo no era solo por oler a veces a pelos, pis y comida para gatos... ¡No, señor! Saltó como un leopardo todo el ancho de la portería y se estiró al máximo, rozando el esférico con la yema de los dedos ¡y haciendo que este saliera por encima del larguero!

De modo que el resultado era de:

OAKCROFT 4 – BRACKET WOOD 4

Solo faltaba por tirar un jugador.

El árbitro colocó la pelota en el punto de penalti y Fred se aproximó con parsimonia hacia ella.

CAPÍTULO 54

¡Cuidado!

El portero rival le pareció ENORME. Fred recordó de repente una cosa que había leído sobre Lionel Messi en la que decía que, siendo niño, le habían aplicado un tratamiento en el Barcelona con hormonas de crecimiento porque era demasiado bajito, y se preguntó si no tendrían que hacer lo mismo con el guardameta del Oakcroft, solo que a la inversa.

Un gran silencio se apoderó del Campo de Fútbol N.º 1. Al mismo tiempo, un rayo de aquel sol de la tarde hizo resplandecer una de las asas del trofeo que, en breve, acreditaría al campeón del Torneo de Invierno Interescolar «Grandes Extensiones» de Bracket Wood y Alrededores, el cual seguía detrás de la portería.

De pronto, Fred se puso nervioso. A pesar de saber que el Mando había vuelto a la acción y que este lo había catapultado de manera brutal en el segundo tiempo, cuando se puso delante de aquel monstruo que lo miraba fijamente bajo los palos —al igual que lo observaba el resto del colegio, confiando en que lo haría bien—, empezó a sentir como si unas mariposillas revolotearan en su estómago; tantas, de hecho, que le dio la impresión de tener dentro un invernadero entero lleno de ellas.

Sus ojos se volvieron hacia los seguidores del Bracket Wood. ¿Y ella? ¿Es que se había ido otra vez?

No. Ahí estaba Ellie, echando fuego por los ojos, con el Mando por encima de la cabeza y los pulgares preparados sobre el *joystick* y los botones.

«¿Qué es lo que me vas a hacer ahora?», dijo él moviendo los labios.

«¡¡¡Lo más original, difícil e impresionante que jamás se haya visto!!!», respondió su hermana moviendo también solo los labios.

Fred sonrió y notó cómo, al momento, las mariposillas dejaban de aletear y se posaban con tranquilidad en su interior. A continuación, se volvió de nuevo hacia el gigante cancerbero, el cual acababa de abrir ambos brazos en toda su extensión haciendo todavía más grande su imponente presencia, y vio que este parecía estar... rugiendo. Era como un gigante rugiente con los brazos extendidos. Entonces, Fred se dio media vuelta y comenzó a alejarse del balón.

Los seguidores del Bracket Wood que poblaban la gradería del fondo donde se lanzaban los penaltis, así como sus compañeros de equipo (que estaban en hilera abrazados en el círculo central), comenzaron a murmurar entre ellos.

—¡Oh, Dios mío! ¡Lo ha puesto nervioso!

—¡¿Qué haces, Fred?! ¡No, por favor, no te vayas a los vestuarios!

—¡OH, NO!

En cambio, los seguidores del equipo rival —igual que los jugadores, que también se encontraban abrazados en el centro del campo formando una cadena— exclamaron en voz alta:

—¡Ja, ja! ¡Lo ha puesto nervioso!

—¡¿Qué hace?! ¡Se va a los vestuarios! ¡El muy friki!

—¡OH, SÍ!

El árbitro se quedó un poco desconcertado. Estaba a punto de hacer sonar el silbato y conceder la victoria final al Oakcroft,[30] cuando, de pronto, Fred

30. Ya sé que, tirando de manual, esto no sería del todo correcto, pues el resultado, llegados a este punto del partido, es de empate a cuatro. Sin embargo, el árbitro, que no es ningún personaje relevante en nuestra historia (razón por la cual he decidido no ponerle nombre alguno), acababa de decidir en ese preciso momento que negarse a

dejó de caminar, dobló las piernas y... se impulsó hacia atrás....

—¡¡¡HA DADO UN SALTO MORTAL DE ESPALDAS!!! —gritaron los aficionados del Bracket Wood.

¡En efecto! ¡Eso es lo que era! Pero no uno solo ni dos, sino tres saltos mortales de espaldas aproximándose a la pelota y haciendo que el guardameta, que había sonreído de forma burlona al creer que su intimidación había dado resultado, se quedara perplejo y desviara la

mirada hacia sus compañeros. Craso error, ya que fue en ese preciso instante cuando, tras una última

---

tirar el penalti solo porque uno se ha puesto nervioso era un fracaso tal que, en resumidas cuentas, equivalía básicamente a haberlo fallado. Al menos eso fue lo que luego me contó que había pensado...

voltereta, Fred contorsionó el cuerpo en el aire cual gimnasta olímpico y, habiendo ya cargado la pierna derecha antes de caer, golpeó el esférico con todas sus fuerzas nada más aterrizar en el suelo.

—¡¡¡EY!!!

—¡NO NOS MIRES A NOSOTROS! ¡MIRA LA BOLA!

—¡¡CUIDADO!!

Fueron algunas de las cosas que le gritaron sus compañeros al portero. No obstante, aunque no hubiera estado mirando hacia otro lado, lo más probable es que nunca hubiera llegado a parar el penalti, ya que la velocidad y la potencia con la que Fred impactó la pelota, después de haberse acercado a ella dando tres saltos mortales, fue tan impresionante que era imposible que el balón no acabara entrando como un obús en el interior de la red.

CAPÍTULO 55

El ciento diez por ciento

En una décima de segundo, la gente de Bracket Wood explosionó de alegría. Fred vio como todo el mundo comenzaba a saltar arriba y abajo como si cada uno de ellos estuviera encima de un trampolín. De hecho, aquello fue lo último que pudo ver en un rato, ya que tan pronto entró la bola en la portería del Oakcroft, todos sus compañeros de equipo salieron disparados hacia él y se le echaron encima formando una enorme y feliz piña humana.

—¡Fred! ¡Fred! ¡Fred! —coreaban todos al unísono.

—¡Fred! ¡Fred! ¡Fred!

Una vez todos se hubieron incorporado y quitado de encima de él, lo subieron en hombros y lo llevaron

BRACKET WOOD
E = mc²
¡¡¡VAMOS, BRACKET WOOD, VAMOS!!!
¡¡¡ÁNIMO, CHICOS!!!

hasta la mesa donde estaba la copa. La gente abandonó las pequeñas gradas desde donde había presenciado el partido y bajó al terreno de juego, arremolinándose alrededor de los jugadores pero dejando un pasillo en medio para que estos pudieran llegar hasta el trofeo entre los múltiples aplausos y ovaciones que les dedicaban a su paso.

Entonces se fijó en que una de la personas que lo aplaudía y ovacionaba (como es evidente, subido a hombros era mucho más fácil distinguir a alguien entre la multitud) era...

—¡Señor Matthias! —exclamó él.

—Hola, Fred. Gran partido. Estaremos en contacto.

Nada más oír aquellas palabras, Fred pensó que le iba a dar un ataque al corazón.

—Pero... yo creía que se había ido al descanso.

Sven sonrió.

—Iba a hacerlo, pero al final no lo hice. Gracias a tu hermana que...

—¡¡¡Fred!!! —gritó Prajit debajo de él—. ¡¿Puedo bajarte ya, por favor?!

—Ah, sí, perdona, Prajit, sí...

Su pequeño compañero de equipo se agachó —bueno, más bien se vino abajo directamente...— y Fred descendió y continuó a pie hasta la mesa donde estaba la copa. Detrás de ella, estaba el señor Bodzharov,[31] propietario de la peluquería Grandes Extensiones.

—Muy bien hecho, Fred. ¿Te llamas así, no? —dijo el señor Bodzharov estrechándole la mano.

Fred asintió con la cabeza.

—Eso creía. Has jugado muy muy bien. Algunas de las cosas que has hecho hoy me han recordado al gran Hristo Stoichkov. Aunque tú, por supuesto, no habrás oído hablar de él...

—Sí, jugó con Bulgaria entre 1986 y 1999.

El hombre se quedó con cara de no dar crédito.

—Lo tengo en el once de leyendas del *FIFA* —añadió Fred.

El señor Bodzharov sonrió sintiéndose halagado y, acto seguido, agarró el micrófono y se volvió hacia la multitud.

—En Grandes Extensiones estamos muy orgullosos de haber sido el patrocinador oficial del Torneo de Invierno Interescolar «Grandes Extensiones» de Bracket Wood y Alrededores. Y ya que ambos equipos han dado esta tarde el ciento diez por ciento, nosotros, en Grandes Extensiones, efectuaremos, de

---

31. Sí, el mismo. Ya os dije que en unas cuantas páginas sabríais de quién se trataba.

lunes a viernes, descuentos del veinte por ciento en cada corte de pelo que hagamos antes de las cinco de la tarde, sin incluir el peinado. Aplicable solo a pagos en efectivo.

Tan generosa oferta fue recibida con un gran silencio, salvo por un par de personas que susurraron:

—No sé muy bien si me convence...

—Bueno... —continuó el señor Bodzharov conforme agarraba la copa con ambas manos—. ¡Enhorabuena, Bracket Wood! ¡¡Los ganadores del...!!

—¡Por el amor de Dios, no digas otra vez «Grandes Extensiones»! —exclamó una voz distante entre la gente.

—... ¡¡del Torneo de Invierno Interescolar «Grandes Extensiones» de Bracket Wood y Alrededores!!

Todo el mundo comenzó a aplaudir y a vitorear cuando el señor Bodzharov levantó el ansiado trofeo. Se esperaba que hiciera entrega del mismo a Fred y que este, igual que hacen los futbolistas cuando ganan una competición importante, se diera la vuelta y lo alzara ante la gente. No obstante, quizá por querer prolongar el feliz momento un poco más (al fin y al cabo, ser el patrocinador del torneo le había costado a Grandes Extensiones la friolera de cien libras), le acercó el micrófono a Fred y dijo:

—¿Te gustaría decir algunas palabras...?

Fred se quedó un poco sorprendido. A pesar de ello, miró a su alrededor, a la multitud de personas que había allí congregadas aplaudiendo y sonriendo —los alumnos de Bracket Wood, el señor Barrington, el señor Fawcett, su madre y su padre, Sven Matthias, Rashid Khan, Stirling y Scarlet, incluso Isla y Morris; pero, sobre todo, su hermana Ellie, la cual destacaba al frente del grupo— y se dio cuenta de que, por supuesto, quería decir unas palabras.

CAPÍTULO 56

Un pequeño y amable empujoncito

—No sé si es esto lo que se hace cuando ganas un trofeo... —comenzó a decir justo antes de detenerse repentinamente, como si nunca hubiera oído el sonido de su voz saliendo por un micrófono y no se identificara con él—. ¿Así suena mi voz?

Todo el mundo asintió con la cabeza.

—Qué raro... Da igual, el caso es que he visto que esto es lo que hace la gente cuando gana un premio, un Oscar y cosas así... Agradecérselo a las personas. Me refiero a otra gente... A la gente que la ha ayudado a llegar hasta donde ha llegado. A veces incluso dan las gracias a Dios, ¿no? Bueno, a mí me gustaría hacer lo mismo...

—¿El qué? ¿Dar las gracias a Dios? —lo interrumpió Eric.

—No.

—Gracias a Dios —añadió su padre—. Por un momento he creído que se había vuelto loco...

—Me gustaría agradecérselo... Bueno, para empezar, a vosotros dos. A mi madre y a mi padre, Janine y Eric Stone...

A continuación se produjeron unos cuantos aplausos y Eric y Janine se irguieron y sonrieron con orgullo al ver como la atención se centraba en ellos por unos segundos.

—Cuando alguien gana un premio, suele dar las gracias a su madre y a su padre, ¿no? Dicen: «Por haber seguido creyendo en mí cuando el resto del mundo dejó de hacerlo», o algo así... Yo no sé muy bien cuánto creen en mí mi madre y mi padre. Yo diría que en lo que más cree mi padre es, sobre todo, en los bocadillos de beicon. Y en lo que más cree mi madre es, sobre todo, en *Un tesoro en tu casa*...

Eric y Janine dejaron de sonreír en el acto.

—Pero me da igual. Porque ellos son así y yo los quiero mucho. Además, los dos están aquí ahora mismo apoyándome, que es lo que importa, ¡y eso es genial!

Ahora sí, todos los presentes aplaudieron largo y tendido, y tanto Eric como Janine volvieron a erguirse y a sonreír con orgullo.

—Asimismo, quiero dar las gracias al señor Barrington.

Entonces, el señor Barrington se puso también derecho y sonrió con orgullo.

—Aunque él tampoco creyó mucho en mí... La primera vez que de verdad contó conmigo fue para este último partido del torneo. Y casi me cambia en el descanso...

El señor Barrington también dejó de sonreír en el acto.

—Pero qué más da... Tampoco ningún otro entrenador me habría seleccionado de ninguna de las maneras. Y él, la verdad es que es un tío simpático.

Todos los presentes aplaudieron largo y tendido igual que antes, y el señor Barrington volvió a erguirse y a sonreír con orgullo.

—Me gustaría agradecérselo por haberme ayudado de un montón de formas diferentes, en especial en lo que respecta a su imprescindible asesoría informática, a dos compañeros que están en segundo y en tercero respectivamente: ¡Scarlet y Stirling!

Todo el mundo aplaudió encantado.

—¡Puedes llamarnos los iBabies! —exclamó Scarlet entre la audiencia.

—¡Sí! —añadió Stirling—. ¡Nos gusta! ¡Aunque yo iba a sugerirte que nos llamaras los iBabies OX 10.4, como si fuéramos una versión mejorada y actualizada de...!

Por fortuna, los aplausos que se produjeron impidieron que se oyera lo que seguía diciendo el pequeño. En ese instante, Fred se percató de que su discurso se alargaba un poco (y también de que es muy posible que no estuviera siendo el tipo de discurso que él en realidad tenía en mente en un principio), de modo que se dio un poco de prisa.

—Quiero, por supuesto, dar las gracias a mis compañeros de equipo y a los jugadores del Oakcroft, hasta a Isla y a Morris Fawcett, a pesar de ser los matones del colegio...

—¿Ah, sí? De modo que eso es lo que sois, ¿eh? —dijo con tono amenazante el señor Fawcett mirando a sus hijos con seriedad.

—... Y de haber intentado en infinidad de ocasiones pegarme una paliza, incluso hoy mismo, cuando venía de camino al partido...

—¿Ah, sí? De modo que eso es a lo que os dedicáis, ¿eh? —les dijo con tono aún más amenazante el señor Fawcett mirándolos con más seriedad aún.

—Bueno, la verdad es que si no hubiera sido por ellos no habría llegado a ser tan bueno jugando al fútbol, ya que, en primer lugar, fueron ellos los que tiraron al suelo el ordenador del aula de informática haciendo que... En fin, es una historia muy larga... Aunque, bien pensado, creo que está bien que os la cuente, porque además su protagonista principal es la persona a la que más quiero agradecérselo...

A continuación, se detuvo un par de segundos e intentó localizarla entre la multitud.

—A mi hermana, Ellie —anunció por fin—. Y he aquí por qué.

Estaba a punto de ponerse a ello (es decir, a hacer el relato completo de las aventuras que habían vivido en los últimos meses) cuando, de pronto, vio que ella le decía moviendo los labios: «NO».

«¿Por qué no? —le respondió él moviendo también los labios—. Quiero contarlo. Quiero que todo el mundo sepa que tú eres la mejor. Que, en realidad, tú eres el verdadero genio que está detrás de esto. Que no lo hice yo solo.»

Ellie sonrió emocionada al tiempo que sus ojos se humedecieron. «No. TÚ eres el mejor. TÚ lo hiciste todo solito», le contestó ella moviendo los labios otra vez.

«¿A qué te refieres?»

Entonces, su hermana levantó el Mando en el aire. Fred aguzó la vista tratando de entender qué quería decir ella con aquel gesto.

«Se ha apagado —le dijo Ellie moviendo los labios—. Mejor dicho, estaba ya apagado antes de que yo regresara con él al campo, antes de que comenzara la segunda parte.»

«¿Cómo? ¿Y por qué me lo enseñaste al empezar? ¿Por qué lo usabas? Si te vi apretando todo el rato los botones y moviendo el *joystick*...»

«Fue todo fingido. Sabía que me estabas mirando. Así que me puse a hacer como que seguía funcionando...»

Fred arrugó la frente sin entender nada.

«¿Por qué?»

Ella sonrió un poco más. «Porque te conozco. Porque eres mi hermano mellizo. Yo sabía que, en el fondo, eras muy bueno. Sabía que podías ser un jugador increíble. Pero necesitabas CREER que era otra cosa lo que te hacía ser tan bueno.»

Él negó con la cabeza sin dar crédito a lo que le contaba su hermana. «¡¿Quieres decir que metí esos cuatro goles y que hice todas esas cosas increíbles, incluido el penalti y los saltos mortales, YO SOLO?!»

«Sí —le respondió Ellie moviendo los labios—. Porque lo único que necesitabas era creer... en ti mismo.»

Acto seguido, se hizo una larga pausa. Después, el señor Bodzharov dijo:

—¿Te encuentras bien, Fred? Llevas varios minutos abriendo y cerrando la boca sin parar y no has dicho nada. ¿Te va a dar un ataque de algo o qué?

Fred salió con rapidez del estado de trance en el que lo había metido toda aquella conversación moviendo los labios.

—¡No! Estoy bien, estoy bien... —replicó dirigiéndose de nuevo hacia el resto de la gente—. Nada más. Eso era todo, Ellie. Me gustaría agradecérselo de todo corazón a Ellie. Por ser una hermana tan genial y estupenda. ¡Sube aquí, por favor!

Ella puso cara de no apetecerle mucho hacerlo. No estaba del todo segura de querer subir ahí delante de todos, alzar el trofeo y compartir el mérito con su hermano. Sin embargo, en ese preciso instante, Rashid, que se encontraba detrás de ella, le dio un pequeño y amable empujoncito.

A veces, eso es lo único que nos hace falta.

TORNEO DE INVIERNO INTERESCOLAR
«GRANDES EXTENSIONES»
DE BRACKET WOOD Y ALREDEDORES

PARTE 4
CONTENIDOS EXTRA

LO QUE FUE DE CADA UNO DE ELLOS...
(YA SABÉIS, COMO LO QUE SALE AL FINAL
DE LAS PELÍCULAS O EN LAS SECUENCIAS
DESPUÉS DE LOS CRÉDITOS AL ACABAR UN VIDEOJUEGO...)

Navidad

Sven Matthias sigue a la búsqueda de jóvenes talentos futbolísticos. ¡Así que echad un ojo cuando estéis jugando en el parque o en el colegio, porque puede que ande por ahí...!

Derek White se mudó junto con su familia a Laponia. Y se llevó consigo todas sus luces de Navidad, a pesar de que es imposible enchufarlas en ningún sitio cuando se vive en un iglú...

El señor Barrington decidió darle una oportunidad a las lentillas...

El señor Fawcett acabó siendo consciente de que, tal vez, después de todo, es posible que Isla y Morris no fueran en Bracket Wood lo que llamaríamos precisamente alumnos modélicos. Hace ya bastante tiempo que no ganan ningún diploma a la Mejor Conducta. Dicho esto, hay que añadir que desde entonces tampoco se han metido con nadie más ni han acosado a ningún otro alumno. Puede que hayan aprendido la lección...

Prajit dejó ya de oler a pelos, pis y comida para gatos. Principalmente porque su padre pidió la jubilación anticipada...

Stirling y Scarlet no han llegado todavía a quinto, de modo que siguen sin tener permiso para aplicar sus conocimientos tecnológicos como les gustaría hacer. No obstante, su madre decidió no hace mucho que su padrastro ya no les cortaría más el pelo...

El señor Bodzharov aceptó de buen grado dicha decisión, ya que el negocio —sobre todo desde que Grandes Extensiones fue el patrocinador del Torneo de Invierno Interescolar «Grandes Extensiones» de Bracket Wood y Alrededores— va a las mil maravillas. Recientemente, ha abierto una nueva tienda, similar a la de Grandes Extensiones, llamada «Ni un pelo de tonto»...

Eric dejó los bocadillos de beicon y acaba de comenzar una nueva dieta. Se llama «La dieta del desayuno inglés». Consiste, básicamente, en comer solo desayunos ingleses. Pero SIN tostadas. Y echándole al té sacarina en lugar de azúcar normal y corriente...

Janine ya no se tira todo el día viendo la televisión. Ahora, graba los programas que le gustan y los ve por la noche...[32]

---

32. En la cama. De hecho, se ve obligada a subir el volumen de la tele al máximo para que los ronquidos de Eric no le impidan oír lo que dicen.

Margaret Arañatcher *sigue exactamente igual...*

Fred fue a hacer las pruebas para entrar en el Chelsea. Y no se le dieron nada mal... ¡Por eso ahora forma parte del equipo juvenil...!

Y Ellie, mientras tanto, empezó a desarrollar sus propios videojuegos.
Con la ayuda de Rashid...

Eso es todo, ¿no? Todos los personajes importantes. Así que nada... Gracias por haberos leído el libro y... Perdonad un segundo, ¿no habéis oído un ruido...? ¿Como alguien hablando...? Una voz que dice...: «¡Apagadlo! ¡Habéis olvidado apagar el ordenador! ¡¡¡Todavía sigo en la pantalla!!!». ¿No? Qué raro... Yo sigo oyéndola decir...:

«Escuchad, si lo apagáis, ¡os conseguiré OTRO MANDO! ¡Lo prometo! ¡Uno hecho de ORO PURO! ¡UNO QUE PUEDE HACER QUE LA PERSONA A LA QUE DIRIJAS... SE HAGA INVISIBLE! ¡Y QUE VUELE! ¡Y QUE CORRA A VEINTE MIL KILÓMETROS POR HORA! ¡Uno que, esta vez..., dure PARA SIEMPRE!»

¿No? Humm... Puede que no haya sido más que el viento...

Ah, sí, por cierto, una cosita más...

CAPÍTULO 57

Un capitulito gratis de regalo de Navidad

Janine y Eric, así como *Margaret Arañatcher*, observaron cómo Fred y Ellie abrían ansiosamente el principal regalo que les había dejado Papá Noel. Sus rostros estaban encendidos de la emoción; de hecho, iluminados también por las luces de Navidad de color verde y rojo que colgaban del pequeño abeto que habían puesto en el cuarto de estar. En la radio, sonaba de fondo Slade, cantando una canción sobre abuelas que vienen de visita y el sitio que hay que hacerles en casa para que se queden.

—¡Anda! ¡Es un videojuego nuevo! —exclamó Fred levantando la caja.

—Cuatro videojuegos —dijo Eric—. Es como un

pack edición limitada con los cuatro que más os gustan: el *FIFA*, el *Street Fighter*, el *Super Mario* y el *Minecraft*.

—¡Las últimas versiones, por supuesto! —añadió Janine.

—¡Y mira esto, Fred! —señaló Ellie a su hermano—. ¡Vienen con un mando nuevo!

—Sí... —asintió su padre—. Me sigo sintiendo mal por haberme sentado encima de ese otro que os gustaba tanto. Y luego, como no sé qué fue de ese tan raro que tuvisteis hace poco... Bueno... espero que este os parezca bien.

Ellie lo cogió y lo inspeccionó con detenimiento. Se trataba de un mando normal y corriente, de color negro, con los botones rojos, verdes y azules.

—Es precioso... —respondió ella—. Gracias, papá.

—Bueno, supongo que querréis iros directos a la sala de juegos y probarlo, ¿no? No os preocupéis. Hacedlo si os apetece...

—Hoy es Navidad. Podéis hacer lo que queráis.

Fred asintió con la cabeza y sonrió. Sin embargo, un segundo más tarde dijo:

—La verdad es que me encanta el regalo, ¡pero mirad ahí fuera! ¡Está nevando!

Eric miró hacia la ventana. Nada más echar un vistazo al exterior, la piel se le puso de gallina ante la idea de que, después de todo, pudiera seguir ocurriendo que nevara el día de Navidad.

—¡Sí! ¡Es cierto!

—¿Podemos salir a jugar con la nieve, papá? —preguntó Ellie—. ¡Ya probaremos los videojuegos esta tarde!

—¡Pero si estáis todavía en pijama!

—¡Así será más divertido! —contestó Fred.

Sus padres se miraron entre sí.

—¡Pues claro que sí! —dijeron los dos a la vez—. ¡Adelante!

Entonces, sus dos hijos se pusieron de pie y se dirigieron corriendo hacia la puerta. Mientras lo hacían, Eric y Janine volvieron a mirarse entre sí.

—Fred, Ellie... —los detuvo Eric cuando salían ya de la habitación—. ¿Os importa que... vayamos también nosotros y juguemos juntos?

Fred puso cara de extrañeza, igual que Ellie (no en vano eran hermanos mellizos). Entonces fueron ellos los que se miraron entre sí.

—Pero vosotros también vais aún en pijama... —dijo.

En ese momento, Janine se incorporó del sofá y le tendió la mano a su marido para ayudarlo a hacer lo mismo.

—Como tú mismo has dicho: así será más divertido... —respondió ella.

Así pues, toda la familia salió volando por la puerta de casa dando gritos de júbilo y alegría.

Si alguno de vosotros hubiera mirado a través de la ventana del cuarto de estar de los Stone aquel día de Navidad, habría podido ver cómo se pusieron a construir muñecos de nieve, a hacer el ángel en el suelo y a tirarse bolas los unos a los otros durante horas y horas... Y, de haber permanecido allí dentro el tiempo suficiente, habríais visto también cómo uno de los blancos proyectiles acabó impactando con fuerza en un cristal; y cómo, nada más hacerlo, una luz azul se iluminó en el mando que Ellie acababa de dejar tirado sobre el sofá. Una débil luz parpadeante.

Sin embargo, para cuando volvieron a entrar en casa, la luz ya se había apagado y la bola de nieve en la ventana transformado en agua.

Agradecimientos

Debo dar las gracias, por su ayuda en tantos sentidos a la hora de crear este libro, a toda la gente de HarperCollins Children's Books (especialmente a Nick Lake, Samantha Swinnerton, Kate Clarke, Elorine Grant, Manda Scott, Geraldine Stroud, Nicola Carthy y Ann-Janine Murtagh). Debo dar las gracias también a mi ilustrador, Jim Field, por colaborar en la creación de estos universos; a mis hijos, Ezra y Dolly, que me han dado, como es habitual en ellos, unos consejos muy útiles acerca de lo que es ser niños; a mi representante, Georgia Garrett, que me hizo unas apasionadas sugerencias a última hora, aunque no demasiado tarde; y a Morwenna Banks, que lidió con calma y tranquilidad con las cosas que ella siempre ha de lidiar cada vez que escribo un libro, a pesar de tratarse de uno divertido.